Le double bonheur d'un père

TERESA SOUTHWICK

Le double bonheur d'un père

Traduction française de
ANDRÉE JARDAT

Harmony

HARLEQUIN

Titre original :
WHAT MAKES A FATHER

HARPERCOLLINS FRANCE
83-85, boulevard Vincent-Auriol, 75646 PARIS CEDEX 13
Service Lectrices — Tél. : 01 45 82 47 47

www.harlequin.fr

ISBN 978-2-2804-4170-4

1

Annie Campbell ignorait que l'on puisse être à ce point épuisée. Bien sûr, depuis trois mois qu'elle était maman de jumeaux, elle avait connu des moments de fatigue intense mais ce qu'elle vivait présentement dépassait tout ce qu'elle aurait pu imaginer. Désormais, son temps de sommeil se comptait en minutes plutôt qu'en heures et, aussitôt qu'elle ouvrait les yeux, c'était pour nourrir, changer, apaiser ou cajoler ses petits. Y survivrait-elle ? Elle avait vécu une enfance difficile mais élever Charlie et Sarah était la chose la plus ardue qu'elle ait jamais eue à faire.

Pourtant, malgré les difficultés quotidiennes auxquelles elle faisait face, elle n'échangerait sa place pour rien au monde, car voir le sourire édenté de l'un ou l'autre des jumeaux ou sentir leurs doigts minuscules s'enrouler autour des siens était pour elle la plus belle des récompenses.

Aussi, pas question de craquer, même si son appartement, parfait pour la célibataire qu'elle avait été, se révélait bien trop exigu pour une famille de trois personnes. Il lui faudrait penser à chercher un logement plus grand et mieux adapté mais, pour l'heure, elle était débordée et le serait sans doute un bon bout de temps encore. Comment aurait-elle pu deviner qu'elle aurait à subir un tel coup du sort ? Qu'elle deviendrait mère de deux bébés à qui elle n'avait pas donné naissance ?

Elle abaissa les yeux sur Charlie qui semblait s'être enfin assoupi dans ses bras. Dieu merci, Sarah, aussitôt couchée dans son petit lit, avait sombré dans un profond sommeil. Allons, il était temps que Charlie aille rejoindre sa sœur.

Annie se déplaça tout doucement pour ne pas réveiller son petit garçon, qu'elle tenait serré contre elle. Retenant sa respiration, elle passa devant le comptoir qui séparait la cuisine du salon, contourna la table basse en bois de chêne et glissa devant la baie vitrée qui donnait dans la cour intérieure du bâtiment. Le petit corps de Charlie se fit un peu plus lourd, signe incontestable que, d'ici quelques minutes, elle allait pouvoir jouir d'un moment rien qu'à elle.

Cette perspective la submergea d'une joie euphorique, mais qui fut brutalement interrompue par la sonnette de l'entrée. Dans un violent sursaut, Charlie rouvrit les yeux en poussant des couinements aigus, aussitôt alimentés par ceux de sa sœur qui venait de se réveiller de manière tout aussi brutale.

— Bon sang ! maugréa-t-elle entre ses dents serrées. Je ne sais pas encore qui est responsable de ce désastre, mais qui que ce soit, il va me le payer ! Mais non, pas toi, mon bébé, ajouta-t-elle tout bas en embrassant les cheveux soyeux de Charlie. Toi, tu es parfait. Je parlais de l'intrus qui vient de troubler votre sommeil de petits anges. Crois-moi, j'espère pour lui qu'il a une très bonne raison de venir sonner à cette porte !

Elle jeta un coup d'œil par la fenêtre de devant et aperçut un homme en treillis militaire. Probablement le candidat numéro trois. Le dernier, sur la liste de sa sœur, qui serait susceptible d'être le père des jumeaux. Si sa mémoire était bonne, il devait s'agir de Mason Blackburne, détaché d'Afghanistan, où il avait servi comme médecin urgentiste. Elle l'avait contacté par mail et il avait répondu en quelques mots qu'il viendrait la trouver dès son retour aux États-Unis, ce qu'elle n'avait cru qu'à demi tant sa prose s'était révélée élusive.

La vie lui avait appris que les hommes étaient égoïstes, menteurs et peu fiables. Pourtant, celui-ci avait tenu parole, même si elle jugeait cette arrivée impromptue un brin cavalière. Il aurait tout de même pu s'annoncer en lui passant un coup de fil au préalable. D'ailleurs, maintenant qu'elle y pensait, elle se demanda comment il s'était procuré son adresse, alors qu'elle ne lui avait communiqué que son numéro de téléphone.

Un nouveau coup de sonnette retentit, plus long et plus impérieux. Manifestement, l'homme n'était pas très patient.

Elle ouvrit la porte, qu'elle garda entrebâillée grâce à la chaînette de sécurité qu'elle laissa en place.

— Ce n'est pas le bon moment, voyez-vous, grommela-t-elle en guise de bonjour.

— Annie Campbell ? Je suis Mason Blackburne.

— Je vous avais donné mon numéro de téléphone, poursuivit-elle d'un ton toujours aussi abrupt. Pourquoi ne m'avez-vous pas appelée ? Et comment avez-vous eu mon adresse ?

— Par Jessica, répondit-il sans se démonter, et visiblement peu enclin à se laisser impressionner par cet accueil pour le moins glacial.

Comme chaque fois que quelqu'un prononçait le nom de sa sœur, Annie sentit une pointe douloureuse lui transpercer le cœur. Jess était morte quelques jours à peine après avoir donné naissance aux bébés. La joie qu'Annie avait éprouvée à accueillir dans sa vie son neveu et sa nièce avait cédé la place au chagrin immense d'avoir perdu l'être qu'elle aimait le plus au monde. Sa sœur avait toujours été présente dans sa vie, même si c'était par intermittence. De son côté, Jessica savait pouvoir trouver chez sa cadette un soutien inconditionnel et ne se privait pas de venir squatter chez elle lorsqu'elle n'avait nulle part où aller. Pas plus qu'Annie – peut-être même moins – Jessica ne faisait confiance aux hommes. Aussi, si elle avait donné son adresse à cet homme, c'était qu'elle l'avait jugé digne d'une telle preuve de confiance.

Forte de cette certitude, Annie fit glisser la chaînette sur son rail et ouvrit largement la porte. Elle jaugea ostensiblement son visiteur, appréciant sans chercher à s'en cacher sa grande taille, ses yeux d'un bleu magnétique et le pouvoir de séduction presque hypnotique qui se dégageait de lui. Elle était à deux doigts de regretter sa tenue négligée – pantalon de jogging et T-shirt informe –, ses cheveux en bataille, qu'elle avait rassemblés à la va-vite en une queue-de-cheval d'où s'échappaient des mèches rebelles, et son visage nu qu'elle n'avait pas pris la peine de maquiller.

— Entrez, dit-elle en s'écartant un peu pour lui permettre de passer. J'ai un test ADN, juste là. Vous n'aurez qu'à frotter l'intérieur de vos joues avec le tampon pendant trente secondes puis à replacer celui-ci dans le tube. Je l'enverrai au labo avec celui que j'ai déjà. Nous aurons les résultats en cinq jours ouvrables.

Mason Blackburne avait-il entendu ce qu'elle venait de dire ? Rien n'était moins sûr. Il avait posé les yeux sur Charlie et semblait fasciné. Le bébé, tout aussi subjugué, en oubliait de piailler et regardait fixement l'étranger en tétant son pouce.

— C'était bien la peine que je t'achète la super tétine du siècle, déplora-t-elle dans un soupir. Tu sais, celle censée nous éviter plus tard des frais d'orthodontiste faramineux.

— Comment s'appelle-t-il ? demanda Mason sans lâcher le bébé du regard.

— Charlie.

— C'est Jessica qui a choisi ce prénom ?

— Non. Malheureusement, elle n'en a pas eu le temps. Mais elle avait dressé une liste de ceux qu'elle préférait et Charles y figurait en bonne place. Quant à Sarah, il était numéro un pour les filles.

Le regard de Mason quitta Charlie pour se porter sur le couloir, d'où leur parvenaient les pleurs de la petite fille.

— Je peux la voir ?

Elle faillit refuser. Après tout, cet homme était un parfait étranger. Mais elle se ravisa. Si Jess avait jugé bon de le lui envoyer, c'est qu'elle avait dû sentir chez lui quelque chose de bienveillant.

Elle referma la porte derrière eux et gagna le couloir, suivie de près par Mason Blackburne. La chambre principale et la salle de bains se trouvaient à droite tandis que son bureau, qu'elle avait aménagé en nurserie pour les jumeaux, était en face.

— Elle est là, indiqua-t-elle. Je tiens à vous dire, avant que vous ne m'en fassiez la remarque, que c'est sur les conseils de leur pédiatre qu'ils partagent le même lit. Selon lui, les séparer après le drame qu'ils ont vécu rajouterait à leur détresse. Tout cela de manière inconsciente, bien sûr, vu leur âge.

— Je comprends, approuva-t-il. D'autant plus qu'ils ont partagé le ventre de leur mère pendant neuf fois.

— Exactement.

Ils s'approchèrent du petit lit qu'elle avait placé contre le mur, face à sa table de travail.

— Elle doit avoir besoin d'être changée, déclara-t-elle. Mais il faut d'abord que je pose Charlie, parce que je n'ai pas encore trouvé comment changer une couche d'une seule main. Ah, et je vous préviens, il va se mettre à hurler.

— Je peux le prendre ?

Elle le fusilla d'un regard noir.

— Pourquoi voulez-vous le prendre ?

— Parce que vous avez besoin d'aide. Et parce qu'il y a une chance sur trois pour que je sois son père.

Annie le dévisagea. Quelque chose dans sa voix, de même qu'une lueur dans son regard, laissait penser que le sort de ces bébés lui tenait à cœur.

Elle prit quelques secondes pour réfléchir. Après tout, s'il s'avérait qu'il était bien le père des jumeaux, autant qu'il se jette à l'eau tout de suite. Au moins, il saurait à quoi s'attendre.

Elle lui tendit Charlie, qu'il prit dans ses bras en un geste un peu maladroit, puis elle s'occupa de Sarah, la serrant contre elle et la berçant un peu pour la rassurer.

— Tout va bien, ma chérie, lui murmura-t-elle avec douceur. Tout va bien. Je suis là, mon trésor. Là… Je vais te poser sur la table à langer et nous allons changer cette couche. Tu verras, tu te sentiras beaucoup mieux après.

La petite toujours serrée contre elle, elle alla chercher une couche dans ce qui fut un classeur à tiroirs et qui était devenu un placard où elle stockait le nécessaire de toilette des jumeaux. Puis, avec des gestes lestes, elle changea la couche mouillée contre une sèche et reprit la petite Sarah contre elle.

— Qu'est-il arrivé à Jessica ? demanda soudain l'homme en cherchant son regard.

— Je vous l'ai dit dans le mail que je vous ai envoyé. Un caillot de sang dans les poumons a provoqué une embolie pulmonaire.

— Je vois. Mais pourquoi ne m'a-t-elle pas dit qu'elle était enceinte et que je pouvais être le père des bébés ?

— Ce n'est pas faute de lui avoir dit et répété que le père biologique avait le droit de savoir. Mais elle était persuadée qu'aucun de vous trois ne voudrait endosser cette paternité. Elle s'était donc résolue à élever ses enfants toute seule.

— Qu'est-ce qui lui avait mis une chose pareille dans la tête ?

Un mélange de contrariété et de dépit pointait dans sa voix.

— Elle avait ses raisons, rétorqua sèchement Annie.

Il fixa sur elle un regard irrité qui en disait long sur ce qu'il pensait de tout cela.

— En fait, vous étiez d'accord vous aussi pour nous tenir à l'écart de cette grossesse. Si Jess n'était pas morte, vous n'auriez rien dit.

— C'est vrai. Elle ne voulait pas que vous sachiez. Ni vous ni les deux autres avec qui elle avait couché.

Ces mots, prononcés tout haut, prirent un goût amer dans sa bouche. Ils faisaient de Jessica une femme facile, ce qu'elle n'était pas. Elle était juste une femme libre et affranchie qui assumait d'aimer les hommes et de vivre une vie légère, sans se poser trop de questions.

— Quand ce sont les hommes qui couchent à droite et à gauche, on ne trouve rien à y redire, n'est-ce pas ? crut-elle bon d'ajouter pour défendre la mémoire de sa sœur. Ça paraît normal. Si c'est une femme, en revanche, elle devient forcément une traînée. Je ne vous permets pas de la juger, conclut-elle en haussant le ton.

— Annie, je ne juge personne.

— Oh ! je vous en prie !

Fatiguée comme elle l'était, mieux valait s'armer de patience et laisser passer l'orage sans mettre de l'huile sur le feu. À en juger par la tête que faisait Mason, le message était passé.

— Et puis, poursuivit-elle sur le même ton offensif, pourquoi rendre ma sœur responsable de tout ? C'est bien vous qui n'avez pris aucune précaution. Je me trompe ?

— Je voulais juste discuter avec elle.

— Bien sûr ! pointa-t-elle avec sarcasme. C'est ce que vous dites tous.

Elle secoua la tête et poussa un soupir.

— Excusez-moi, reprit-elle d'une voix radoucie. D'habitude, je ne suis pas aussi agressive. Vous n'avez pas de chance, j'étais moins fatiguée quand j'ai reçu les deux premiers. Mais là, j'avoue, je suis à bout de nerfs…

— Que s'est-il passé avec eux ?

— Le premier ne faisait pas le poids. Il est reparti aussi vite qu'il est venu. Tant mieux. Quant au deuxième, il a bien voulu se prêter au test ADN, mais il m'a délivré un document légal spécifiant que, s'il était le père des jumeaux, il renoncerait à ses droits et me demanderait de ne jamais le poursuivre en justice pour non-paiement de pension alimentaire. Je peux vous dire que je ne me suis pas fait prier pour signer tous les papiers qu'il voulait ! Mes bébés méritent mieux qu'un pauvre crétin.

— Charmant personnage, en effet ! répliqua Mason, qui s'était mis à caresser délicatement le dos de Charlie, comme pour lui assurer qu'il n'était pas ce genre d'homme.

Le contraste était saisissant entre sa grosse main et ce bébé encore minuscule.

— Pour en revenir à ma sœur, enchaîna-t-elle, quand elle a commencé à présenter les symptômes d'une embolie, elle a eu peur pour ses enfants. Elle a alors rédigé une sorte de testament dans lequel elle me désignait comme tutrice des jumeaux. Le document ayant été établi en présence de deux infirmières, il a toute valeur légale. Évidemment, nous ne pensions pas devoir en arriver à de telles extrémités, mais la vie en a décidé autrement et Jess est morte. Ses enfants sont aujourd'hui les miens et je veillerai jusqu'à ma mort à ce que personne ne leur fasse de mal.

— Je suis médecin, Annie. Si quelqu'un se soucie des autres, c'est bien moi.

— Il y a tant de façons de faire du mal aux enfants ! On peut aussi les blesser à vie psychologiquement.

Elle savait de quoi elle parlait. Ces blessures-là pouvaient faire autant de ravages que les atteintes physiques.

— Je ne vous accuse de rien, évidemment, s'empressa-t-elle d'ajouter.

— Moi, je ne ferai jamais de mal à personne, dit-il comme pour lui-même.

Pour la première fois depuis qu'il avait franchi le seuil de sa maison, elle remarqua sur son visage les stigmates d'une fatigue intense. Et puis, pourquoi portait-il cet uniforme de l'armée alors qu'il n'était pas en mission ?

— Quand êtes-vous rentré d'Afghanistan ? demanda-t-elle.

— Il y a deux heures environ. Mes parents habitent Huntington Hills et je ne les ai pas encore vus.

— Vous voulez dire que vous êtes venu directement de l'aéroport ?

— Exactement.

Elle eut beau essayer de s'en défendre, elle était impressionnée. Et lessivée aussi. Il était temps que cette entrevue s'achève et que chacun retourne à ses occupations.

— Si vous voulez bien effectuer ce test ADN et me laisser votre contact pour le labo, ce serait super, dit-elle. Dans cinq petits jours, nous saurons à quoi nous en tenir.

— D'accord.

Il reposa Charlie dans son berceau avec une délicatesse surprenante pour un homme de cette stature. Annie fit de même avec Sarah et, ô miracle, les jumeaux s'endormirent presque instantanément.

— Suivez-moi, chuchota-t-elle.

Elle le conduisit dans la cuisine, où l'évier était rempli de biberons et de vaisselle qui attendaient d'être lavés.

— Tenez, dit-elle en prenant le tube restant sur le comptoir.

En homme d'expérience qu'il était, Mason prit le tampon et se le passa consciencieusement à l'intérieur des joues, comme il devait le faire. Puis il le replaça dans le tube et remplit la fiche qui allait avec.

— Voilà, dit-il quand ce fut fait.

— Je l'enverrai avec l'autre, déclara-t-elle.

— Parfait.

— Merci. Je ne voudrais pas me montrer plus grossière que je ne l'ai déjà été, mais pourriez-vous me laisser seule, maintenant ?

Il ouvrit la bouche, visiblement prêt à protester, mais se ravisa et, sans un mot, lui tourna le dos et sortit.

Annie poussa un soupir de soulagement. Dans cinq jours, elle serait fixée. Pourtant, au lieu de la rassurer, cette idée la tourmenta. Maintenant qu'elle connaissait Mason Blackburne, elle n'était plus si certaine de vouloir partager la garde des jumeaux avec lui. Non parce que cela présenterait des difficultés, mais parce qu'elle pressentait au contraire que cela n'en présenterait pas.

Ce qui, à ses yeux, pouvait se révéler bien pire.

— Elle s'attendait à voir débarquer un crétin, comme les deux autres, maman.

Mason cessa de faire les cent pas pour poser un regard pénétrant sur la femme qui lui avait donné la vie.

— J'ignore si elle est ou non une bonne mère mais, en tout cas, les enfants sont propres, bien nourris, et ils n'ont pas l'air malheureux ni traumatisés. Je les ai vus pleurer mais c'est bien normal, si tu vois ce que je veux dire.

— Je vois parfaitement ce que tu veux dire, acquiesça Florence Blackburne avec un sourire amusé. Sans compter que tu ne t'étais pas annoncé avant de venir et qu'elle ignorait que tu allais débarquer chez elle.

— C'est exact.

Depuis cinq jours qu'il était chez ses parents, il avait dû raconter cent fois la même chose. Toutefois, il ne pouvait s'enlever de la tête qu'on allait peut-être lui annoncer qu'il était père de jumeaux magnifiques.

Florence secoua lentement la tête, dans un geste visant à exprimer la profonde empathie que lui inspirait une histoire aussi tragique.

— La pauvre ! Perdre sa sœur dans des circonstances aussi dramatiques, puis se retrouver seule à élever deux petits… Moi, je ne sais pas ce que j'aurais fait sans ton père. Et encore, je n'ai eu qu'un bébé à la fois.

— C'est vrai qu'elle avait l'air vraiment épuisée.

Épuisée, mais jolie. Tout le portrait de Jessica, même si les deux femmes semblaient avoir des personnalités très différentes. Jess était une rebelle. Elle prenait la vie comme elle venait, sans se soucier de l'avenir. Annie, elle, semblait plus mature, plus responsable. Avec les bébés, elle s'était montrée douce, maternelle et protectrice. Avec lui, franche et honnête. Le genre de femme avec qui il aimerait élever ses enfants. Si, toutefois, Charlie et Sarah étaient bien ses enfants.

Il n'avait encore rien reçu du laboratoire et c'était le cinquième jour. À en croire ce que lui avait dit Annie, la réponse devait tomber aujourd'hui. Comme il l'avait déjà fait un millier de fois depuis le matin, il consulta son smartphone.

— Vérifier ton téléphone toutes les deux minutes ne t'avancera à rien, fit tendrement remarquer sa mère. Et puis, je ne sais pas pourquoi, mais quelque chose me dit que tu es bien le père de ces enfants.

Elle le gratifia de son sourire de maman, un sourire empli de sollicitude et de compréhension.

Elle adorait les enfants. Elle en avait eu quatre, qu'elle

n'avait jamais sacrifiés sur l'autel de son bien-être personnel. Mason tenait d'elle cet amour inconditionnel pour les enfants. Tous les enfants. Il avait toujours souhaité en avoir et fonder une grande famille. Son ex-femme partageait d'ailleurs ce même désir, mais hélas, la vie ne leur avait pas permis de réaliser leur rêve. La troisième fausse couche lui avait coûté son bébé et son couple. Cette triste expérience lui avait appris à ne plus nourrir de faux espoirs.

— Si seulement les résultats d'ADN arrivaient aussi vite dans la réalité que dans les séries télé ! déplora-t-il.

— Allons, sois un peu patient ! Ils ne devraient plus tarder maintenant. Parle-moi plutôt de ces petits anges. Est-ce qu'ils te ressemblent ? Ont-ils quelque chose de toi ? La couleur des yeux ? La forme du visage ?

— Pour être honnête, ils ressemblent beaucoup à leur tante. Ils ont les mêmes yeux noisette et les mêmes cheveux blonds. Et puis, ils sont mignons, comme elle.

Ce qu'il se garda bien de dire à sa mère, en revanche, c'était qu'Annie avait un corps magnifique, que n'avait pas dissimulé l'accoutrement informe dont elle était affublée le jour où il l'avait rencontrée. Il ne doutait pas qu'avec une tenue plus adéquate, elle était femme à faire se retourner toutes les têtes sur son passage.

— Nous verrons bien, lâcha-t-il, faute de mieux. Les résultats de ce test demeurent le seul moyen de savoir.

— Sans doute, mais cela reste de la science. Mon instinct maternel, lui, me souffle que je vais être grand-mère.

— Maman…

— Quoi ?

— Ne te fais pas trop d'illusions. Tu risquerais de tomber de haut.

Il savait de quoi il parlait. Et il en connaissait un rayon sur les différentes manières de se protéger, la meilleure étant de se fermer aux émotions.

Florence afficha une expression qu'il connaissait bien : elle savait à quoi il faisait allusion et elle aurait aimé pouvoir mettre un terme à sa tristesse. Elle-même était une force de la nature, mais elle connaissait parfaitement ses limites. Aussi resta-t-elle sagement silencieuse et choisit-elle de ne rien dire qui pût raviver les blessures du passé.

Les pensées de Mason dérivèrent vers Jessica. Il y aurait beaucoup à dire sur la désinvolture dont cette fille avait fait preuve. Sur la légèreté avec laquelle elle prenait la vie. Mais Annie avait raison sur un point : il ne s'était pas protégé, préférant faire confiance à Jess lorsqu'elle lui avait soutenu qu'ils ne risquaient rien. Et voilà à quoi l'avait conduit sa négligence : il se retrouvait sur des charbons ardents, à attendre des résultats qui pourraient changer sa vie à jamais.

Il était presque 17 heures et Mason n'avait toujours pas de nouvelles du labo. Annie avait-elle bien envoyé les tubes le jour même ? Peut-être pas, débordée comme elle l'était avec deux bébés à gérer en même temps. Il était bien possible que…

Il sursauta au bruit de son téléphone qui s'était mis à vibrer. Immobile, le souffle court, il chercha à vérifier de qui provenait l'appel.

— Pour l'amour du ciel, Mason, réponds ! le pressa sa mère.

Il obéit, répondit qu'il était bien Mason Blackburne puis écouta ce que son interlocuteur avait à lui dire.

— Vous en êtes bien sûr ?

Oui, ils étaient sûrs. Mason remercia puis raccrocha.

— Alors ? demanda Florence qui cachait mal son impatience. Mason, parle ! Je n'ai plus l'âge de supporter ce genre de torture. Allez, ne me fais pas attendre plus longtemps ou je…

— C'est moi. C'est bien moi. Je suis leur père.

Il avait parlé d'une voix monocorde qui était bien loin de refléter le tumulte intérieur qui le secouait. Il était père !

Quel choc c'était pour lui de voir son rêve se réaliser au terme de circonstances aussi improbables ! Les images de sa rencontre avec Jessica affluèrent d'un coup à sa mémoire. C'était le jour où son divorce avait été prononcé. Elle était venue s'asseoir à côté de lui, au comptoir du bar où il était entré boire un verre. Il avait vraiment eu envie de parler, de se confier à quelqu'un. Pour oublier l'échec de son mariage et, avec lui, la fin de l'espoir de fonder un jour une famille avec la femme qu'il aimait.

Au début, elle l'avait écouté, puis elle s'était confiée à son tour. Elle avait évoqué sa sœur Annie, chez qui elle vivait parfois lorsqu'elle était entre deux boulots, une fille super qui lui plairait beaucoup. Puis elle était passée aux choses sérieuses. Elle l'avait séduit et entraîné jusque dans son lit. Il s'était laissé faire, fort de la promesse qu'elle lui faisait qu'avec elle, il n'y aurait pas de complications.

Quelle ironie !

D'une rencontre qui ne devait durer qu'un soir, il se retrouvait père de jumeaux !

Curieusement, ce n'était pas ce qui l'effrayait le plus. Il pressentait que les problèmes naîtraient d'Annie Campbell.

Cette fois-ci, Mason ne vint pas à l'improviste. Il appela Annie pour lui demander s'il pouvait passer la voir. Bien évidemment, elle accepta. On lui avait communiqué les résultats en même temps qu'à lui. Elle savait donc qu'il était le père biologique des bébés, ce qui lui conférait le droit de faire partie intégrante de leur existence.

Cette idée la rendait nerveuse. Mais plus encore, la perspective de le revoir. Car elle devait bien se l'avouer, elle n'avait pas été insensible au charme de cet homme qui, de prime abord, présentait tous les aspects de l'homme parfait. Comment allaient-ils s'y prendre pour gérer à deux l'éducation des jumeaux ?

Elle fut tirée des pensées profondes dans lesquelles elle était plongée par de petits coups discrets frappés à la porte. Encore un bon point pour l'homme qui avait retenu que le timbre strident d'une sonnette pouvait réveiller des bébés s'ils étaient endormis. Ce qui, d'ailleurs, était le cas.

Elle alla ouvrir sans faire de bruit. Mason se tenait à la porte, renversant de séduction dans un jean délavé et une chemise blanche dont il avait retroussé les manches jusqu'aux coudes.

Sa nervosité monta d'un cran.

— Entrez, dit-elle sans même prononcer le « Bonjour » d'usage.

Mason pénétra dans l'appartement en marmonnant quelque chose où elle crut comprendre qu'il était question d'acheter un mini-van et d'épargner pour de futures études supérieures.

— Je suppose que cela signifie que vous ne comptez pas renoncer à vos droits, pointa-t-elle.

— Vous plaisantez ?

Il fixa sur elle un regard plein de gravité.

— À vrai dire, poursuivit-il, j'ai même demandé conseil auprès d'un avocat.

La peur s'abattit sur elle à ces mots.

— Je suis leur tutrice légale. Si vous essayez de me prendre mes bébés, je vous jure que…

Mason leva une main qu'il voulait apaisante.

— Calmez-vous ! Il n'est pas question que je fasse une chose pareille. Mais il se trouve que, même si je suis leur père biologique, je n'ai aucun droit sur eux tant que mon nom ne figure pas sur le certificat de naissance.

Maintenant, avec les résultats des tests, je vais pouvoir saisir le tribunal et faire valoir mes droits.

— Combien de temps cela va-t-il prendre ?

— Il y a d'abord un délai d'attente de deux mois, au terme duquel je serai convoqué au tribunal.

— Vous comptez demander la garde exclusive ?

— Bien sûr que non ! Annie, comprenez bien que je ne veux pas la guerre. Je vois bien à quel point vous aimez ces enfants et je ne compte pas vous séparer d'eux.

— C'est vrai qu'ils sont tout pour moi, mais qu'en savez-vous ? Vous ne me connaissez pas.

Elle ne pouvait pas s'en empêcher. Dès qu'il s'agissait de faire confiance à un homme, elle sortait les griffes.

— C'est exact, je ne vous connais pas. Mais j'ai pu me faire une idée de la personne que vous êtes. Par exemple, je crois pouvoir affirmer qu'au moindre faux pas, vous seriez bien capable de me découper en morceaux.

— Ce n'est pas faux, lui accorda-t-elle en souriant. Mais j'espère que ce n'est pas une manière déguisée de critiquer ma façon de m'y prendre avec les petits ?

— Absolument pas. Vous êtes protectrice, ce qui est plutôt une qualité. Il se trouve que j'ai des idées très arrêtées, et très traditionnelles, sur la manière d'éduquer des enfants. Je crois aux vertus du schéma classique, deux parents aimants, pour que l'enfant se construise au sein d'un climat harmonieux. C'est ainsi que j'ai grandi et cela m'a plutôt réussi. Je voudrais que mes enfants connaissent ce bonheur.

— Je vois.

Non seulement elle voyait, mais c'était ce qu'elle souhaitait avant tout pour les petits, elle qui n'avait pas connu la chance de vivre au sein d'une famille aimante.

Mason regarda soudain autour de lui, semblant chercher quelque chose.

— C’est calme ! remarqua-t-il. On pourrait croire que les bébés ne sont pas là.

Ah oui ? Et où pourraient-ils être ? ironisa-t-elle en son for intérieur. Elle n’avait aucune famille pour l’aider, elle. Depuis que sa mère et son beau-père s’étaient installés à l’autre bout du pays, elle n’avait pratiquement plus de nouvelles d’eux, et Jess, la seule famille qui lui restait, n’était plus là.

— Ils dorment, répondit-elle avec douceur, consciente que Mason n’était pas responsable de ses malheurs. Pour une fois, ils se sont endormis en même temps. C’est tellement rare !

— Nous devrions organiser un défilé pour fêter ça, plaisanta-t-il.

— Seigneur, non ! Ce serait bien la dernière chose à faire si je veux profiter pleinement de cette accalmie.

— Vous avez raison. Que diriez-vous de mettre ce temps à profit pour essayer de mieux nous connaître ?

Elle préféra se taire, car la réponse qu’elle avait en tête risquait fort de lui déplaire.

2

Pourquoi s'était-elle butée devant la proposition de Mason ? Pourquoi trouvait-elle que ce n'était pas une bonne idée ? Peut-être parce que « Monsieur J'ai-grandi-dans-une-famille-de-rêve » n'apprécierait pas d'élever ses enfants main dans la main avec une femme qui, elle, avait connu une enfance misérable.

Quoi qu'il en soit, il avait le droit de savoir.

Par ailleurs, elle avait bien conscience que, si elle voulait en savoir plus sur cet homme qui demeurait un étranger pour elle – et donc pour ses enfants —, il faudrait bien lui concéder quelques révélations sur elle-même.

Cette perspective l'inquiétait car, outre le fait qu'elle ne se sentait pas en mesure de lui expliquer l'origine de sa nervosité, du moins de manière rationnelle, elle craignait sa réaction. Déjà qu'il avait mal pris de ne rien avoir su de la grossesse de Jessica… Annie ne pouvait pas lui en vouloir. Et lui ? En voulait-il toujours à Jessica ?

— C'est une très bonne idée, finit-elle par dire. Je pensais manger un morceau pendant que les enfants dorment. Il me reste des bricoles dans le réfrigérateur. Si le cœur vous en dit, je serais ravie de les partager avec vous.

— Volontiers, merci. En quoi puis-je vous aider ?

— Vous pouvez mettre la table, si vous voulez.

L'idée d'être aidée alors qu'elle faisait toujours tout toute seule lui parut soudain réjouissante.

— Je vous propose une salade de poulet et un gratin de macaronis, annonça-t-elle d'un ton enjoué.

Puis elle pointa du doigt le placard où se trouvaient les assiettes et les couverts. Quant aux serviettes en papier, elles étaient déjà sur la table ronde en chêne, dans leur distributeur.

— À vos ordres, madame !

— Puisque nous avons décidé de faire connaissance, commença-t-elle en disposant un lit de laitue au fond d'un saladier, autant que vous le sachiez tout de suite. Ne m'appelez plus jamais « madame ». Ça me donne l'impression d'être une vieille dame qui a besoin qu'on l'aide à traverser la rue.

— Compris, rétorqua-t-il en commençant à disposer les assiettes sur la table. Comment dois-je vous appeler, alors ? Mademoiselle Campbell ?

— Annie, ce sera bien.

Elle versa sur la salade une vinaigrette toute prête et tendit à Mason les couverts adéquats.

— Si vous voulez bien la remuer.

— Pas de problème, mad… Désolé. Je dois me rappeler que j'ai retrouvé la vie civile maintenant.

— J'imagine que ce ne doit pas être si facile, quand on est formaté pendant des années à être militaire.

Il eut un vague hochement de tête et, soudain, elle ne sut plus quoi lui dire.

— Ainsi donc, vous étiez dans l'armée, reprit-elle, faute de mieux.

— Oui. Je me suis engagé.

Elle prit le temps de mettre le gratin dans le four à micro-ondes et de presser le bouton « Marche » avant de demander :

— Pourquoi avoir choisi l'armée ?

— Je voulais faire des études de médecine, mais je n'en avais pas les moyens. Mes parents ont proposé de m'aider, bien sûr, mais je ne voulais pas leur mettre une telle charge sur le dos. Ils avaient déjà un crédit à rembourser, ce n'était pas la peine d'en rajouter. Alors, j'ai trouvé cette solution. Une fois mon diplôme décroché, je devais quatre ans à l'armée. Le bon côté de la chose, c'est que j'ai servi mon pays tout en remboursant ma dette.

Il s'était mis à mélanger la salade et Annie prit alors conscience de deux choses : d'abord, Mason était décidément bien séduisant et ensuite, qu'il n'était finalement pas si difficile de discuter avec lui. Et, avec un peu de chance, il ne s'apercevrait pas que, jusque-là, elle ne lui avait encore rien dit sur elle.

Continue de le faire parler de lui ! C'est le meilleur moyen de ne pas attirer l'attention sur toi...

Elle savait faire ça. Elle savait tenir une discussion et même l'orienter. Elle était une adulte responsable désormais, et plus la fille solitaire et paumée qu'elle avait été.

— Si je comprends bien, vous êtes médecin.

— On peut le dire, en effet. Plus exactement, médecin urgentiste. J'ai été embauché à l'hôpital de Huntington Hills. Comme vous voyez, vous n'avez pas à vous inquiéter. Je ne suis pas un bon à rien.

— Je ne l'ai jamais pensé.

— Je préfère le préciser. Au moins, les choses sont claires. J'ai l'impression de passer un entretien d'embauche, ajouta-t-il après une brève pause. Le plus important que j'aie jamais passé, même !

— Je ne voyais pas les choses de cette façon, s'excusa-t-elle. Mais peu importe ce que je pense. Certes, vous êtes le père biologique des bébés. Mais seul le temps nous dira quel genre de père vous serez.

Si aucun muscle du visage masculin ne tressaillit, ses yeux, qui avaient viré au bleu marine, disaient clairement à quel point il était offensé.

— Vous me semblez bien sceptique.

— Je le suis. Et j'ai des raisons de l'être.

— Manifestement, vous n'étiez pas la seule, puisque votre sœur ne souhaitait même pas m'informer du fait que je pouvais être le père de ses enfants.

Elle comprenait où il voulait en venir. Il se demandait si taire des révélations importantes était un trait commun de leur caractère à toutes les deux.

— Je vous l'ai dit, je n'étais pas d'accord avec elle. À sa décharge, elle n'a pas vraiment eu le temps de prendre les mesures qui s'imposaient. Peut-être l'aurait-elle fait si elle n'était pas morte.

— Annie, je ne voulais pas…

— Peu importe ! Je comprends votre frustration. Pour en revenir au sujet qui nous intéresse, il ne s'agit pas d'un entretien d'embauche, mais d'agir au mieux des intérêts de Charlie et Sarah. Et c'est bien là le plus important, non ?

— Vous avez raison.

Le tintement du micro-ondes interrompit la discussion. Annie sortit le plat de macaronis mais constata qu'il n'était pas assez chaud et le remit dans le four pour quelques minutes supplémentaires.

— Vous m'avez dit avoir de la famille à Huntington Hills ? C'est bien ça ?

— Oui. J'y ai mes parents et mes frères et sœur.

— Combien en avez-vous ?

— J'ai deux frères et une sœur.

Une flèche transperça le cœur d'Annie. Il n'y avait pas un jour où elle ne pensait pas à Jessica, et pas seulement à cause de la présence des jumeaux dans sa vie. Jess et elle avaient toujours été liées comme les doigts de la main.

Elles avaient vécu la même enfance difficile puis, plus tard, Jess avait pris son rôle de grande sœur très à cœur. Toujours, que ce soit à l'école ou à la maison, elle l'avait protégée de manière inconditionnelle.

— Vous avez de la chance d'avoir une grande famille.

— Ce n'est pas moi qui vous dirais le contraire. Cependant, il me tarde d'avoir un chez-moi.

— Je ne le crois pas ! s'exclama-t-elle, taquine. Un grand garçon comme vous qui vit encore chez papa maman ? Vous savez ce qu'on dit des hommes dans votre genre ?

— Non, et je me fiche de le savoir. D'ailleurs, se faire héberger par ses parents présente ses avantages.

Il esquissa alors un sourire qu'elle jugea renversant de séduction.

— Je ne vois pas bien lesquels, mais si vous le dites…

— C'est vrai, je vis en ville chez mes parents, mais ce n'est que provisoire. Je compte acheter une maison. J'ai vendu celle que j'avais avant de partir en Afghanistan.

Une ombre passa sur son visage en même temps que dans son regard. Visiblement, quelque chose l'attristait, qu'il tenait à garder pour lui et qu'elle ne chercherait pas à savoir.

— Voilà qui me rassure, rétorqua-t-elle d'un ton qu'elle voulait désinvolte.

Le tintement du micro-ondes retentit de nouveau et, cette fois, elle put poser le plat sur la table.

— C'est prêt, annonça-t-elle en l'invitant à s'asseoir d'un geste.

Ils s'installèrent face à face et Mason prit l'initiative de les servir. Un bon morceau de poulet et une large part de gratin pour chacun. Il engloutit son assiette en moins de temps qu'il n'en faut pour le dire.

— Et vous ? demanda-t-il en reposant ses couverts.

Voilà. Le moment était venu de se lancer dans le grand bain de la vérité.

— Moi ? fit-elle néanmoins, histoire de gagner deux misérables secondes.

— Oui, vous. Je me rends compte que, jusque-là, nous n'avons parlé que de moi. À votre tour !

Par quoi commencer ? Elle ne voyait pas. Autant le lui demander.

— Que voulez-vous savoir ?

— Avez-vous un travail ?

— Vous voulez dire, en dehors de celui qui consiste à s'occuper à temps plein de deux nouveau-nés ? ironisa-t-elle. Eh bien, oui, je suis graphiste.

— Je vois, dit-il d'un ton peu convaincant.

— En fait, vous n'avez aucune idée de ce que cela veut dire. Je me trompe ?

— Non, c'est vrai. Mais je vais faire des recherches sur Internet pour me renseigner.

Il paraissait sincère.

— Je vais vous épargner cette peine. Mon métier consiste à créer des concepts visuels, à l'aide de logiciels ou de dessins effectués à la main, dans le but de véhiculer une idée.

— Dans le domaine de la publicité ?

— Oui, mais pas seulement. Certains clients nous chargent de la réalisation de brochures, de magazines, ou encore de plaquettes d'entreprise.

— En fait, vous êtes une artiste.

— Un peu, en effet. C'est une passion qui remonte à l'enfance.

Elle ne jugea pas utile de lui préciser qu'elle avait trouvé dans le dessin un défi à sa dyslexie. Ce handicap était-il génétique ? Elle l'ignorait. Il n'en restait pas moins qu'elle devrait en informer Mason, mais une autre fois. Le moment n'était pas opportun.

— Par chance, je peux effectuer une grande partie de mon travail à domicile. Ce qui signifie que je n'ai pas à laisser Charlie et Sarah aux bons soins d'une nounou. Enfin… pas encore.

Elle regarda Mason se servir de la salade, puis l'attaquer d'aussi bon cœur qu'il avait avalé son poulet et ses pâtes. Pour sa part, elle se sentait incapable de terminer son assiette. Parler d'elle lui coupait toujours l'appétit.

— En ce moment, reprit-elle, nous planchons sur une campagne publicitaire très importante pour nous. Nous avons répondu à l'appel d'offres d'un grand groupe de communication dont je tairai le nom, par superstition. En tout cas, si nous remportons le marché, j'aurai une charge de travail supplémentaire et je devrai passer plus de temps dans nos locaux.

Elle s'interrompit un bref instant pour chipoter dans son assiette.

— À ce moment-là, il faudra que je m'organise pour les jumeaux.

— Comment comptez-vous vous y prendre ?

— Je verrai en temps et en heure. Quand le problème se posera.

Elle avait parlé d'une voix forte et assurée destinée à masquer l'angoisse qu'une telle perspective faisait naître en elle. Car si c'était une chose de confier ponctuellement ses bébés à une amie proche, prête à vous tirer d'affaire, c'en était une autre d'envisager de se faire remplacer auprès d'eux par une étrangère de manière régulière. D'ailleurs, elle préférait ne pas y penser, tant cette seule idée la rendait malade.

— C'est vrai que c'est un sacré challenge, commenta-t-il. Je veux dire… de s'occuper de jumeaux au quotidien.

— De toute façon, je n'avais pas le choix, rétorqua-t-elle, la gorge étranglée d'émotion. Comment aurais-je pu trahir la promesse faite à ma sœur ?

— Oh ! vous savez, je connais pas mal de gens qui, à votre place, se seraient défilés. Il faut croire que Jessica et vous étiez très proches.

— Nous l'étions, en effet. C'était ma grande sœur. Elle était toujours là quand j'avais besoin d'elle.

Les larmes qui surgirent la prirent au dépourvu. Elle se détourna précipitamment et se leva, son assiette à la main, soucieuse de cacher son émotion à Mason. Pourtant, lorsqu'elle le sentit derrière elle, elle puisa dans sa présence une sorte de bien-être qu'elle n'avait pas connu depuis bien longtemps.

— Annie, je ne sais pas si je vous l'ai déjà dit, mais je suis vraiment désolé pour vous.

— C'est exactement ce que m'a dit le médecin venu m'annoncer que Jess était morte. Ce sont les mots qu'on vous demande d'apprendre par cœur pour avertir les proches d'une mauvaise nouvelle ?

— Malheureusement, nous ne bénéficions pas de formation spécifique. Mais ce n'est pas facile pour nous non plus, vous savez.

Cela faisait trois mois que Jessica était morte. Annie pensait ses larmes taries à force d'avoir pleuré. Et puis, elle ne voulait pas montrer de marques de faiblesse devant cet homme. Peut-être parce qu'étant le père biologique des enfants, il avait avec eux un lien aussi fort et aussi intime qu'elle-même. Mais à quoi bon toutes ces considérations ? Le fait est qu'elle ne put retenir plus longtemps les sanglots silencieux qui lui étranglaient la gorge.

Contre toute attente, elle sentit soudain la main forte et rassurante de Mason se poser sur son avant-bras et l'inciter à se retourner vers lui. L'instant d'après, elle était blottie contre lui, entre ses bras puissants et enveloppants. Sans un mot, elle s'abandonna à cette douce étreinte et se sentit en sécurité.

Voilà bien un sentiment qui lui était étranger ! C'était d'autant plus curieux qu'il naissait d'un homme qu'elle ne connaissait pas. Était-ce ce que Jess avait ressenti, elle aussi, lorsqu'il l'avait prise entre ses bras ?

Mais très vite la réalité la rattrapa. Elle s'écarta de lui pour reprendre au plus vite le contrôle d'elle-même. Elle se sentit embarrassée de s'être laissée aller à ce qu'elle estimait être un moment de faiblesse.

— Excusez-moi, dit-elle en évitant son regard.

— De quoi ?

Elle haussa les épaules dans un geste qu'elle voulait désinvolte.

— Je n'ai pas pu m'en empêcher. Je ne sais pas pourquoi j'ai craqué comme ça. Maintenant.

— Il n'est pas nécessaire d'être un grand psychanalyste pour comprendre que vous n'avez pas eu le temps de faire le deuil de votre sœur. C'est bien normal, avec deux bébés dont vous vous occupez toute seule.

Il n'était pas psychanalyste, mais il n'avait pas tort.

— Merci, murmura-t-elle.

— De rien.

Il paraissait sincère. De toute évidence, cet homme plein d'humanité avait à cœur de faire le bien autour de lui.

— Je vous laisse un instant, dit-elle. Je vais jeter un coup d'œil aux bébés. Ce n'est pas dans leurs habitudes d'être sages aussi longtemps, et surtout quand je suis à table.

— Allez-y. Vous avez cuisiné, je m'occupe de débarrasser la table et de faire la vaisselle.

— Cuisiner est un bien grand mot. Je n'ai fait que réchauffer des restes. Mais marché conclu !

Le meilleur qu'elle ait jamais passé.

Elle se rendit dans la chambre des enfants, surprise de les trouver éveillés et jouant sagement à découvrir leurs petits pieds et leurs menottes tout en se gratifiant mutuellement de larges sourires, desquels s'échappait un joyeux babil.

Son cœur déborda d'un amour intense pour ces êtres minuscules. Savoir Mason Blackburne dans sa cuisine ajouta au bonheur qui la submergeait un sentiment de bien-être qu'elle s'empressa de refouler. Elle ne connaissait cet homme que depuis peu, mais il ne faisait aucun doute que, un jour ou l'autre, il saurait bien se passer d'elle.

Comme les autres.

Les hommes ne pouvaient s'empêcher de toujours tout gâcher.

Mason était occupé à donner le biberon à Charlie lorsqu'il entendit des pas dans l'escalier extérieur, suivi du bruit de la porte qui s'ouvrait et se refermait. Annie entra dans le salon où il se trouvait et regarda autour d'elle, visiblement surprise.

— C'est bien calme, commenta-t-elle. Et très bien rangé.

Il crut déceler dans sa voix une pointe d'envie.

— Je suis un peu jalouse, avoua-t-elle en souriant, comme si elle avait lu dans ses pensées. Moi, je n'arrive pas à m'occuper de deux enfants sans mettre l'appartement sens dessus dessous.

— Je voulais vous dire…

Après plusieurs semaines au cours desquelles Annie l'avait accueilli chaque fois que son emploi du temps le lui permettait, elle avait fini par accepter – manifestement à contrecœur – de lui confier la garde des jumeaux et de sortir pour assister à une réunion importante.

Il était certain qu'avant de céder, elle avait dû effectuer de sérieuses recherches sur Internet, comme elle l'aurait fait pour une nounou. Heureusement, à son contact, il avait appris à changer les couches, préparer les biberons, les donner et faire faire leur rot aux bébés.

Malgré cela, Annie avait répugné – c'était visible – à quitter la maison pour le laisser seul avec eux. Il avait dû lui assurer qu'ils ne risquaient rien et avait presque dû la mettre à la porte.

Cinq minutes à peine après son départ, c'était le branle-bas de combat. Deux couches à changer, deux biberons à préparer mais, Dieu merci, ses années dans l'armée l'avaient préparé à garder son sang-froid et à agir en conséquence. Il avait donc fait ce qu'il y avait à faire.

— Je pensais que vous en auriez pour plus longtemps, souligna-t-il en levant les yeux sur elle.

Pour toute réponse, elle s'approcha et effleura de ses lèvres le crâne duveteux de Charlie. Il émanait d'elle les effluves d'un parfum fleuri qu'il se surprit à humer avec délice. Il la revit le jour où il l'avait tenue serrée entre ses bras et qu'elle s'était abandonnée, acceptant humblement le réconfort qu'il cherchait à lui prodiguer. Elle lui avait semblé à l'aise, ainsi blottie contre lui.

— Je suis restée pour discuter des sujets essentiels, finit-elle par répondre. Puis je me suis éclipsée. À vrai dire, les jumeaux me manquaient. J'avais hâte de les retrouver. Comment cela s'est-il passé ? Où est Sarah ?

À cet instant, Florence Blackburne fit son apparition, portant Sarah dans ses bras. Elle allait sur ses soixante ans mais paraissait plus jeune, avec son carré impeccable balayé de mèches plus claires qui éclairaient son visage aux traits réguliers.

Mason se sentit pris en faute. Il aurait aimé informer Annie de la présence de sa mère avant qu'elle le découvre par elle-même.

— Vous devez être Annie. Je suis Florence, la mère de Mason.

Annie posa sur Mason un regard moqueur.

— Pour quelqu'un qui clamait pouvoir se débrouiller tout seul..., railla-t-elle.

— Quand j'ai dit ça, nous nous occupions chacun d'un seul nourrisson, rétorqua-t-il, sur la défensive. Et puis, je me suis bien débrouillé. J'ai juste demandé du renfort.

Il posa le biberon sur la table basse et, dans un geste assuré, cala Charlie contre son épaule pour lui faire faire son rot. Lequel se produisit après qu'il lui eut tapoté doucement le dos quelques secondes.

— Voilà qui est bien, mon fils, déclara-t-il d'un ton où se mêlaient fierté et triomphalisme.

— Vous êtes sérieux, là ?

— Tout à fait. Et bientôt, je lui apprendrai à s'excuser. Pour en revenir à la présence de ma mère chez vous, j'avoue que j'ai un peu sous-estimé ma capacité à tout affronter tout seul.

— Mais pas du tout, mon chéri, le défendit Florence. Tu ne supportais tout simplement pas qu'un des bébés pleure pendant que tu t'occupais de l'autre. Tu pensais qu'il était malheureux.

— C'est exactement cela.

— Je lui ai pourtant assuré que les bébés ont besoin de pleurer, précisa Florence à l'intention d'Annie. C'est leur manière à eux de s'exprimer. Mais je ne vous apprends rien, n'est-ce pas Annie ? Vous vous occupez de ces chérubins depuis leur naissance.

— En effet.

Annie se tourna vers Mason, toujours moqueuse.

— Quelle chance vous avez de pouvoir vous appuyer sur quelqu'un pour votre première mission en solo ! ironisa-t-elle.

Le regard bleu pervenche de Florence s'emplit d'empathie et de compréhension, comme seul peut l'être celui d'une autre mère. Elle tendit Sarah à Annie.

— Vous n'êtes plus seule vous non plus, désormais, assura-t-elle avec douceur. Je suis là. Être maman est la plus difficile des tâches. Mais nous ne sommes pas des super women. Parfois, nous avons besoin de faire une pause pour recharger nos batteries. Pour nous occuper de nous, aller chez le coiffeur ou chez la pédicure. Sachez que je serai là pour vous épauler aussi souvent que vous le souhaiterez, Annie. N'hésitez surtout pas à m'appeler.

— Je n'oserai jamais vous imposer une chose pareille, dit Annie.

— Ce sont mes petits-enfants, ajouta Florence. J'aurai toujours un grand plaisir à les garder. Je suis secrétaire médicale à mi-temps et j'ai la chance d'avoir des horaires flexibles. Pensez-y ! Mason vous communiquera mes coordonnées.

Annie piqua un baiser léger sur la joue toute veloutée de Sarah.

— Merci, dit-elle. J'apprécie beaucoup.

— À quoi serviraient les grands-mères, sinon ? En revanche, je dois vous prévenir que je risque de les gâter un peu, car ce sont mes premiers petits-enfants. J'étais si impatiente d'en avoir ! Sachez aussi que, même lorsque Charlie et Sarah viendront chez moi, je me plierai à vos règles. Pas question d'aller à l'encontre de votre façon de faire. Ils sont si mignons ! Ceci dit, je ne leur trouve pas grande ressemblance avec leur père.

— Je te remercie, maman, dit Mason, faussement indigné.

— Ce n'est pas ce que je voulais dire, mon chéri. Je trouve qu'ils ressemblent plus à Annie.

— Ma sœur et moi nous ressemblions beaucoup,

affirma Annie en serrant le petit corps de Sarah un peu plus étroitement contre elle.

— Alors, elle devait être très belle, dit Florence.

— Oui.

Mason ne pouvait qu'être d'accord avec sa mère. Annie était une très jolie femme. Encore plus jolie dans le tailleur-pantalon très élégant qu'elle portait, assorti d'un chemisier en soie et d'une paire d'escarpins noirs qui accentuaient son extrême féminité. Elle avait attaché ses cheveux en un chignon placé bas sur la nuque qui lui donnait un petit air sérieux et, pour la première fois depuis qu'ils s'étaient rencontrés, il la voyait maquillée. Oui, vraiment, il était sous le charme.

— Bien, dit Florence. Maintenant que vous êtes là tous les deux, je vais vous laisser.

Elle prit son sac à main, embrassa son fils sur la joue et adressa un sourire débordant de tendresse aux jumeaux.

— J'ai été ravie de vous rencontrer, Annie, assura-t-elle. Je tiens à vous dire que vous avez fait un travail remarquable avec ces deux petits. Vous vous en sortez magnifiquement bien. Et je suis sincère ! N'oubliez pas : appelez-moi si je peux vous être utile.

— Merci beaucoup, madame Blackburne.

— Appelez-moi Florence, je vous en prie. Allez, à bientôt ! conclut-elle en lui tapotant l'épaule d'un geste affectueux.

Après son départ, Annie et Mason se retrouvèrent avec chacun un enfant dans les bras. Que pouvait bien penser Annie de la présence de sa mère chez elle ?

— Voilà. C'était ma mère, déclara-t-il pour amorcer le dialogue.

— Vous avez ses yeux, rétorqua-t-elle pour tout commentaire.

Ce n'était pas la première fois qu'on le lui disait. Mais là n'était pas la question.

— Je l'admets humblement, attaqua-t-il d'emblée, je me suis laissé déborder. Je ne pouvais pas supporter que l'un ou l'autre des bébés pleure et je ne pouvais pas m'occuper des deux à la fois.

— Faute avouée est à demi pardonnée, rétorqua-t-elle dans un sourire indulgent. Et donc, vous avez appelé votre mère à la rescousse.

— Oui.

— Si j'étais rentrée plus tard et que votre mère était déjà repartie, vous m'en auriez parlé ou vous auriez joué les super héros capables de tout gérer sans problème ?

Certes, il aurait été tenté de lui cacher la vérité. Un homme avait sa fierté, tout de même ! Mais il aurait fini par tout avouer, cela ne faisait aucun doute.

— Je vous l'aurais dit, affirma-t-il.

— Pourquoi ?

— Parce que vous ne le savez pas encore, mais je suis un homme intègre et je tiens à ce que les choses soient dites.

Il haussa les épaules, ce qui eut pour effet de faire bouger le petit Charlie, qui s'était assoupi contre lui.

— Je ne suis pas certaine de vous croire.

Il se rappela alors qu'il avait affaire à une femme qui ne prenait pas pour argent comptant tout ce qu'on pouvait lui raconter. Il allait devoir faire ses preuves.

— Je vous laisse juge. Vous verrez, avec le temps, vous comprendrez que je ne pense pas qu'on puisse gagner quoi que ce soit à mentir.

— Si ce jour-là arrive, si vous parvenez effectivement à me convaincre, c'est sans doute que vous le devrez à l'éducation que votre mère vous a donnée.

— Vous le pensez vraiment ?

— Oui. J'ai l'impression que c'est vraiment quelqu'un !

— Elle avait tellement envie d'être grand-mère ! Mais l'être de jumeaux dépasse toutes ses espérances.

— Ne voyez aucune critique dans ce que je viens de vous dire.

Elle prit le plaid qu'elle laissait toujours sur le bras du canapé et l'étala par terre, devant la table basse. Puis elle y installa Sarah, avant de s'asseoir à côté d'elle.

— C'est même tout le contraire, poursuivit-elle. C'est une femme à la fois douce et pleine d'énergie. Le genre de mère protectrice et aimante que j'aurais bien aimé avoir. Le genre de mère que je veux être pour les jumeaux.

Ces informations, qu'elle lui dispensait par bribes, lui firent comprendre qu'il ne savait rien d'elle, ou pas grand-chose. Le soir où elle l'avait invité à dîner, il lui avait beaucoup parlé de lui, mais elle ne lui avait rien dit d'elle en retour. À peine avait-elle évoqué son métier, avant de se mettre à pleurer quand le nom de sa sœur avait été prononcé. À ce moment-là, il l'avait prise dans ses bras et s'était focalisé sur son corps souple et chaud contre le sien, bien incapable de penser à autre chose.

Maintenant, il se rendait compte qu'elle demeurait sur ses gardes, qu'elle était sans cesse en mode défensif. Pas juste pour protéger Charlie et Sarah, mais pour se protéger elle aussi, sans doute. Mais de quoi ? Il l'ignorait encore, mais il se faisait fort de le découvrir.

Soutenant la petite nuque fragile de Charlie, il alla s'installer à côté d'elle, sur le plaid, et déposa délicatement le bébé endormi à côté de sa sœur. Il prit encore le temps de dérouiller les muscles ankylosés de ses bras, puis chercha le regard d'Annie.

— Si j'ai bien compris, commença-t-il sans la lâcher des yeux, votre mère n'était pas du genre à vous épauler ?

— Elle avait ses problèmes.

Il laissa passer quelques secondes, puis continua :

— Vous en parlez au passé. Vous voulez dire qu'elle est morte ?

— Non. Elle vit en Floride avec son mari.

À la seconde où Sarah laissa échapper un petit couinement, Annie se leva d'un bond, visiblement pressée d'échapper à la discussion.

— Son biberon est prêt ? demanda-t-elle.

— Non, répondit-il.

Sans ajouter un mot, elle se pencha, prit délicatement Sarah dans ses bras et, ainsi chargée, se rendit à la cuisine. Sans attendre.

Mason n'avait pas la prétention d'être fin psychologue, mais il savait reconnaître quelqu'un qui ne souhaitait pas s'épancher. Soit elle lui cachait des choses, soit elle cherchait à fuir des souvenirs trop douloureux.

En résumé, que savait-il d'elle ? Qu'elle travaillait comme graphiste dans une boîte de communication. Qu'elle adorait sa sœur trop tôt disparue et que cette dernière lui manquait encore affreusement. Et aussi, qu'il y avait quelque chose dans son passé qu'elle souhaitait taire.

Très bien.

Elle était la tutrice de ses enfants et, en tant que telle, il lui devait un respect éternel. Cependant, et justement parce qu'elle avait la garde légale de ses enfants, il se faisait un devoir de tout apprendre d'elle. Aucune zone d'ombre ne devait subsister.

3

Plusieurs semaines s'étaient écoulées depuis que Mason avait fait irruption dans sa vie mais, ce jour-là, Annie se sentit pour la première fois envahie d'un profond sentiment de culpabilité. Certes, elle s'était déjà sentie coupable, mais jamais de manière aussi extrême.

Grâce à Mason, et par extension grâce à sa mère Florence, beaucoup de choses avaient changé. Pour le mieux, elle devait bien l'admettre. Florence était une femme formidable, aussi avait-elle accepté son aide lorsqu'elle la lui avait proposée, et elle avait pu assister à une réunion de travail très importante.

Cela faisait quelques heures à peine qu'elle avait quitté son appartement et pourtant, elle avait l'impression d'être partie depuis une éternité. Elle vérifia pour la centième fois l'écran de son smartphone pour voir si elle n'avait laissé passer aucun message urgent. Rien. Elle se sentit à la fois soulagée et un brin vexée d'être si facilement remplaçable. De la même façon, elle était tiraillée entre la joie de renouer avec une indépendance qui lui faisait défaut depuis plus de trois mois et le vide affreux que laissaient en elle les jumeaux dès qu'elle quittait l'appartement.

Voilà.

Elle connaissait à présent le sort de toutes les mères qui, partagées entre devoir professionnel et vie personnelle, avaient l'impression de se trouver au bord d'un gouffre vertigineux.

Devait-elle annuler le déjeuner prévu avec Carla Kellerman, une collègue devenue ce qui s'approchait le plus d'une amie ? Cela lui laisserait le temps de faire un saut chez elle pour voir si tout se passait bien.

Elle en était là de ses tergiversations lorsque Carla pointa la tête par la porte du bureau, avant d'entrer tout à fait, un sac de victuailles dans chaque main.

Impossible d'annuler quoi que ce soit. Comme prévu, Carla passait la chercher pour partager avec elle un déjeuner qu'elle avait pris la peine d'aller chercher.

Si elle expédiait vite son repas, peut-être…

— Salut ! lança Carla.

Cette femme était une perle. Solaire, toujours le sourire aux lèvres, un cœur généreux… Bref, l'amie parfaite. Sans compter qu'elle était aussi très jolie, avec ses longs cheveux roux qu'elle s'appliquait à garder lisses et qui accentuaient la couleur caramel de ses grands yeux en amande.

— J'avais oublié à quel point j'aime ce bureau, lança-t-elle d'un ton enjoué. Si je n'avais pas déjà un emploi, c'est dans un endroit comme celui-ci que je rêverais de travailler.

C & J Graphic Design occupait tout le dernier étage d'un bâtiment situé à l'angle de C Street et de Jones Boulevard, en plein centre de Huntington Hills. Plancher en bois, qui s'étendait du bureau du directeur à la salle du personnel, rampes lumineuses qui éclairaient les bureaux, séparés les uns des autres par des parois vitrées… Annie comprenait ce que voulait dire Carla. Elle aussi aimait l'énergie créative qui émanait de ces lieux, de même que la vue directe – et donc l'accessibilité – sur ses collègues de travail.

— Salut, Carla ! répondit-elle en écho, pile au moment où son ventre se mettait à gargouiller sans pudeur.

— Je vois que je tombe à pic avec mes provisions, la taquina Carla. Il semblerait que tu aies faim.

— Tout juste. Nous pourrions passer prendre des boissons au distributeur et aller déjeuner dehors, dans le patio. Qu'en penses-tu ?

On était en octobre, mais le soleil chauffait encore à cette période de l'année. Avec ses arbres encore verts et ses massifs fleuris, le patio serait l'endroit idéal pour décompresser un peu de manière agréable.

— Très bonne idée ! Un peu d'air frais nous fera le plus grand bien.

Elles firent donc comme elles avaient dit puis appelèrent l'ascenseur.

— Allez, soyons folles, prenons l'escalier, proposa Carla tandis que la cabine se faisait attendre. J'avoue qu'un peu d'exercice ne me ferait pas de mal.

— Depuis quand te préoccupes-tu de faire du sport ? s'étonna Annie. Entendons-nous bien, je ne cherche pas à me défiler et je descendrai ces huit étages à pied si tu y tiens vraiment. Mais permets-moi de me poser des questions quant à ce brusque revirement.

— Mieux vaut tard que jamais, non ?

Annie ouvrit la porte qui menait à l'escalier de service et commença à descendre les marches.

— Alors, raconte, dit-elle à son amie. Qu'est-ce qui a changé dans ta vie ? Tu en pinces pour ton nouveau chef de service, c'est ça ?

— Je te rappelle que mon chef de service est une femme et qu'elle s'appelle Lillian Gordon.

— C'est vrai, j'avais oublié. Mais il y a bien son neveu qui bosse avec elle en ce moment pour l'aider à redresser la barre, non ? J'ai entendu dire que sa société rencontrait pas mal de difficultés financières.

— C'est exact et le neveu en question s'appelle Gabriel

Blackburne. Mais tu parles d'un grincheux ! Il ne lève pas le nez de son ordinateur de la journée et il passe son temps à élaborer toutes sortes de stratégies susceptibles de donner à la boîte une visibilité plus importante.

Tout en discutant, elles avaient atteint le rez-de-chaussée, et ce fut le souffle un peu court qu'elles poussèrent la porte de derrière qui donnait sur le patio.

— Qu'est-ce que tu as ? s'étonna Carla. Tu es toute pâle. Tu ne te sens pas bien ? Trop d'escaliers ?

— Ce n'est pas ça. C'est le nom que tu as dit… Le nom de famille de Mason est aussi Blackburne.

— Qui est Mason ?

— Le père des jumeaux.

— Décidément, le monde est petit ! Eh bien, tu vas pouvoir tout me raconter.

— Je me demande s'ils sont parents, poursuivit Annie. Blackburne, ce n'est pas un nom si courant.

— C'est possible, en effet, acquiesça Carla en choisissant d'autorité une table à l'ombre et en s'asseyant sans attendre sur l'une des chaises en fer forgé qui l'entouraient. D'après Lillian, ma cheffe, si Gabriel trouve à redire sur la manière dont elle gère la boîte, en revanche, il adore la campagne publicitaire qu'il vous a chargés de faire pour Make Me a Match. Moi, je ne lui ai parlé qu'une seule fois, et je l'ai trouvé un peu intimidant. Cela dit, son jugement est sûr, puisque c'est C & J qu'il a chargé de ce travail, ajouta-t-elle avec malice.

Carla sortit d'un sachet en papier un sandwich au poulet et une serviette, qu'elle tendit à Annie, puis se servit à son tour.

— Allez, vas-y ! reprit-elle. Je veux tout savoir sur ce Mason. Parce que tu t'imagines bien que ce que dit un test ADN ne suffit pas à satisfaire ma curiosité. Et surtout, j'attends de toi que tu n'omettes aucun détail.

Annie lui expliqua alors comment elle avait contacté les trois hommes susceptibles d'être les pères des jumeaux qui figuraient sur la liste de Jessica, puis poursuivit son récit par le résultat des tests, qui attribuait la paternité à Mason Blackburne.

— Il a été médecin militaire en Afghanistan, continua-t-elle, et il vient juste d'être démobilisé. Maintenant, il travaille comme urgentiste à l'hôpital de Huntington Hills.

Carla mordit dans son sandwich et prit le temps de mastiquer sa bouchée et de l'avaler avant de prendre la parole.

— Eh bien, cet homme me paraît tout à fait honorable. Je ne te connais pas depuis très longtemps, mais je crois pouvoir dire que tu l'aurais senti si tu avais eu affaire à un crétin ou, pire, à un opportuniste.

Jusqu'ici, en tout cas, elle n'avait rien soupçonné de condamnable chez Mason. Mais elle pouvait se tromper. Son instinct n'était pas infaillible, loin de là. L'expérience l'avait prouvé.

— On ne peut jurer de rien, répliqua-t-elle, mais ce que je peux en dire, c'est qu'il est très gentil avec Charlie et Sarah et qu'il a à cœur de bien faire. La première fois que je l'ai laissé seul avec les enfants, il s'est senti tellement débordé qu'il a appelé sa mère à la rescousse. Elle s'appelle Florence et elle est formidable. Elle adore les petits et ne rechigne jamais à les garder. D'ailleurs, ils sont chez elle aujourd'hui.

— Alors ils doivent tous être de la même famille : je sais que Lillian a une sœur qui s'appelle Florence. Comme je le disais, le monde est petit.

— Tu as raison. Si Gabriel est aussi séduisant que Mason, je comprends mieux ton désir soudain de te mettre au sport.

— Je te mentirais si je prétendais qu'il n'est pas charmant, mais il est un peu trop ombrageux pour moi. En plus, il n'arrête pas de dire qu'il n'est là que pour quelque temps. Mais revenons plutôt à ce Mason. Est-il aussi canon que son frère ? Tiens, ce pourrait être un sujet de téléréalité : *Les Canons de Huntington Hills*.

Annie éclata d'un rire joyeux.

— C'est le terme exact. Mason est vraiment canon.

— Dis-moi si je me trompe, mais cet homme a l'air de beaucoup te plaire.

— En quoi ce que je viens de dire te permet de tirer de telles conclusions ?

— Bonne question. Le fait que tu gardes tes distances avec lui, peut-être ?

La faculté qu'avait Carla de lire en elle à livre ouvert étonnait Annie. Elle s'en était aperçue lorsqu'elle avait passé quelques jours dans les bureaux de Make Me a Match, afin de s'imprégner de l'ambiance propre aux agences matrimoniales avant de lancer le projet publicitaire dont C & J était chargé. Elle avait alors compris que Carla se trompait rarement lorsqu'il s'agissait d'analyser ce qu'elle-même tentait désespérément de cacher. Elle venait encore d'en avoir la preuve. Si tant est qu'elle fût vraiment attirée par Mason.

— Peu importe qu'il me plaise ou pas, finit-elle par trancher. De toute façon, pour ce que les hommes sont fiables…

Carla prit le temps d'avaler sa dernière bouchée de sandwich et de s'essuyer consciencieusement les mains à sa serviette. Ensuite, seulement, elle répondit à Annie.

— Je sais bien que nous ne nous connaissons que depuis peu de temps, Annie, mais je voudrais te poser une question. Bien sûr, sens-toi libre de refuser de répondre ou même de m'envoyer promener si tu trouves que je dépasse les bornes et que je me mêle de ce qui ne me regarde pas.

Elle s'éclaircit la gorge, puis se lança :

— Quelle est ton histoire ? Qu'est-ce qui te rend si méfiante vis-à-vis des hommes ?

— En gros, disons que tous mes problèmes viennent du père. Ma mère n'était pas très forte pour choisir ses partenaires. À part ça, tu connais mon histoire avec Dwayne…

Son ex. Ce crétin l'avait assurée d'un amour éternel mais il ne lui avait pas fallu longtemps pour disparaître quand elle était rentrée de l'hôpital avec les deux couffins.

— Tu comprendras bien qu'après une expérience pareille, j'aie quelques raisons de ne pas m'emballer. Je me prépare d'ailleurs à ce que Mason m'annonce un jour qu'il n'est pas fait pour être père et qu'il disparaisse du paysage. Donc, le mieux pour moi est de voir au jour le jour. Pour l'instant, tout se passe bien. Il fait de son mieux.

— Comme quoi ?

Annie réfléchit un instant, refoulant le sourire tendre et un peu niais qui lui montait aux lèvres lorsqu'elle pensait à Mason.

— Eh bien, il ne se passe pas un jour sans qu'il vienne voir les enfants. Il dit qu'il a déjà perdu trop de temps et qu'il n'est plus question qu'il rate un seul moment avec eux.

— C'est trop chou ! Excuse-moi, mais ce n'est pas là l'attitude d'un homme qui compte abandonner ses enfants !

— Tu as peut-être raison, lui concéda Annie du bout des lèvres. Son métier lui prend beaucoup de temps et pourtant, il ne compte pas ses heures dès lors qu'il s'agit de passer à la maison. Quelquefois, il est si fatigué qu'il tient à peine debout.

— Waouh ! s'exclama Carla, qui paraissait sincèrement impressionnée. Tu as des photos récentes des jumeaux ?

— Bien sûr ! Quelle mère serais-je si je n'en avais pas ?

Elle sortit son smartphone de son sac à main et, après

avoir trouvé les photos en question, tendit fièrement l'appareil à Carla qui les fit défiler.

— Qu'ils sont mignons ! s'extasia-t-elle. Pas mal non plus, ton Mason, ajouta-t-elle en brandissant sous le nez d'Annie la photo où il était couché sur le canapé avec les deux bébés dans les bras.

Un sourire flotta sur les lèvres d'Annie tandis qu'elle contemplait Mason à moitié endormi sur le canapé, une main sur le dos de chacun des bébés qui dormaient en toute sécurité, bien calés sur son torse. Elle avait trouvé le tableau si attendrissant qu'elle n'avait pu résister à l'envie de l'immortaliser.

— C'est arrivé plus d'une fois qu'il s'endorme sur mon canapé, précisa-t-elle. Mais c'est bien normal, entre ses heures de garde à l'hôpital et les enfants. Cela n'a rien à voir avec moi. Ou avec nous.

— Cela dit, Mason n'a rien d'un troll et il aime les enfants. C'est déjà un bon début.

— Un bon début pour quoi ? rétorqua-t-elle, sur la défensive. De toute façon, il m'a clairement dit qu'il ne me faisait pas confiance.

— Pourquoi ? Qu'est-ce qu'il a contre toi ? Il te connaît à peine.

— Il a été piqué que Jessica lui ait caché sa grossesse et ne lui ait pas annoncé qu'il pouvait être le père de ses bébés. Je suppose qu'il me met dans le même sac que ma sœur.

— Mais toi ? Tu n'es pas comme ta sœur. Tu ne fais rien pour essayer de rétablir la vérité ? Est-ce que cela t'ennuie que ta sœur ait couché avec lui ?

— Bien sûr que non ! Mais de quoi parlons-nous, là ? Je n'ai absolument pas l'intention de mettre ce type dans mon lit.

Carla haussa les épaules, visiblement peu convaincue.

— Si tu le dis…

— Pour une fois, tu te trompes. Tu vois des choses qui n'existent pas. Tu dois trop travailler. Tu devrais lever un peu le pied et laisser tes dossiers au bureau quand tu rentres chez toi.

— Impossible ! Nous devons nous donner à fond si nous voulons attirer plus de clients.

— J'en parlerai autour de moi et, si je peux, je t'enverrai des gens, promit Annie.

D'autres, pas elle. Elle avait bien trop à faire pour se payer le luxe de tomber amoureuse. Tout juste s'autoriserait-elle à s'imaginer dans des draps froissés, au creux d'une paire de bras qui la garderait éveillée toute la nuit. Des bras qui n'appartiendraient pas à n'importe quel homme.

Ce seraient ceux de Mason.

Ce jour-là, c'était Mason qui gardait les jumeaux, car Annie devant rester tard au bureau. La date butoir où C & J devait présenter son projet approchait à grands pas et elle ne ménageait pas ses heures supplémentaires.

Il avait couché Sarah et venait de passer les quinze dernières minutes à bercer Charlie, qui avait eu du mal à s'endormir. Sa main calant le dos du bébé, il le coucha à côté de sa sœur, dans leur petit lit. Il opérait avec douceur et délicatesse afin de ne pas perturber le sommeil fragile de l'enfant. Aucun bruit, aucun gémissement : sa mission était accomplie, et réussie.

Il abaissa les yeux sur ces petits êtres : ses enfants ! Encore une fois, il s'extasia sur eux. Comme ils étaient beaux ! Comme ils étaient parfaits ! Certes, il avait raté la grossesse de leur mère et il pourrait s'en plaindre à juste raison, mais à quoi bon ? Cela ne changerait rien à l'affaire. Ce qui était fait était fait. On ne pouvait modifier le passé. Et puis, s'il était vraiment honnête avec lui-même, il admettrait qu'il n'était pas encore démobilisé à cette époque et que, même si Jessica l'avait prévenu, il n'aurait pu assister à la naissance des jumeaux.

Il regrettait aussi de ne pas avoir été là pour soutenir Annie dans l'épreuve douloureuse qu'elle avait vécue. Son aide aurait sans doute été la bienvenue. Mais même sans lui, elle s'était très bien débrouillée, gérant de front son métier de graphiste et l'éducation des jumeaux. Néanmoins, si les choses s'étaient passées différemment, il n'aurait pas à se lancer aujourd'hui dans une procédure juridique longue et fastidieuse pour faire valoir ses droits paternels.

Cela faisait un mois maintenant qu'il s'était présenté devant la porte d'Annie et il ne pouvait plus imaginer sa vie sans ses enfants. Ni sans Annie, il devait bien se l'avouer. Ces jours derniers, il avait vu plusieurs spots publicitaires vantant les mérites d'un site de rencontres. Pourtant, il avait beau s'interroger sur la question, il n'avait jamais été aussi réfractaire aux grandes histoires d'amour.

L'échec de son mariage lui avait laissé des traces indélébiles. Il y voyait une sorte d'avertissement : même si une relation vous paraît en tout point idyllique, méfiez-vous, elle peut à tout moment virer au cauchemar. Fort de cette leçon, il ne commettrait pas deux fois la même erreur.

Cela ne signifiait pas pour autant qu'Annie le laissait indifférent. Sa capacité à aller de l'avant l'impressionnait. Il se surprenait souvent, même au cours de ses consultations, à penser à elle. Il revoyait alors la femme drôle, sexy, belle, intelligente et maternelle qu'elle était. Elle réunissait à elle seule toutes les qualités dont un homme pouvait rêver. Une question lui vint alors, évidente : pourquoi une femme aussi parfaite était-elle encore célibataire ?

La sonnette aigrelette de l'entrée le ramena brutalement sur terre. Il jura entre ses dents et lança un regard aux jumeaux. Tout allait bien. L'intrus ne les avait pas réveillés. Il poussa un soupir de soulagement et alla ouvrir, pestant encore contre celui ou celle qui avait ignoré le panneau accroché à la porte et qui signalait que des bébés dormaient dans cet appartement.

L'importun était un homme d'une trentaine d'années au physique avantageux et à la tenue vestimentaire impeccable. Son apparente désinvolture donna à Mason des envies de meurtre.

— Vous ne savez pas lire ?

— Pardon ?

— Vous n'avez pas lu le panneau ? formula Mason autrement en pointant du doigt le petit écriteau.

— Désolé, je n'ai pas fait attention. J'avais oublié que les bébés étaient là. Je suis Dwayne Beller, ajouta-t-il.

Mason hésita un instant avant de serrer la main que lui tendait le nouveau venu.

— Mason Blackburne, se présenta-t-il à son tour.

— Vous êtes le père ?

— Des jumeaux ? Oui. Et vous, qui êtes-vous ?

— Je suis le petit ami d'Annie, répondit-il en se balançant d'un pied sur l'autre à la manière d'un enfant pris en faute. Enfin… Je l'étais.

— Ce qui veut dire que vous ne l'êtes plus ?

— Non.

Mason ressentit un profond soulagement à ces mots.

— Que s'est-il passé ? demanda-t-il malgré lui.

— Annie est là ? s'enquit Dwayne en guise de réponse.

Soudain alerté, Mason se campa solidement sur ses jambes, bloquant la porte de son corps.

— Vous pouvez me dire où je pourrais la trouver ? insista Dwayne.

— Non.

Les deux hommes se toisèrent, sur la défensive l'un comme l'autre.

— Vous pouvez me dire ce qu'il s'est passé entre Annie et vous ? insista Mason à son tour.

Mais Dwayne se déroba de nouveau.

— Vous pourrez au moins lui dire que je suis passé ?

— Je ne sais pas. Pour quelle raison le lui dirais-je ?

— Parce que j'aimerais qu'elle le sache.

Dwayne avait répliqué avec une pointe d'irritation qui n'avait pas échappé à Mason.

— Annie ne saura rien de votre visite si vous ne m'expliquez pas ce qui s'est passé entre vous.

— Je peux au moins vous dire ceci : ce ne sont pas vos affaires. Cela ne regarde qu'Annie et moi et…

— Dwayne ?

Les deux hommes n'avaient pas entendu arriver Annie, qui les observait en silence, comme si elle ne croyait pas à la scène qui se déroulait devant sa porte.

Mason nota avec une certaine satisfaction que la présence de Dwayne ne semblait pas la réjouir. Au contraire, même, elle la contrariait apparemment au plus haut point.

— Bonjour, Annie, répondit Dwayne. Tu as l'air en pleine forme !

Il affichait à présent un air contrit qui, loin de faire flancher Mason, le fit se positionner un peu plus fermement dans l'entrée.

— Je peux entrer ?

— Pourquoi ? lança Annie d'un ton sec.

— Pour parler. Annie, j'ai vraiment besoin qu'on s'explique.

Les traits d'Annie se durcirent, en même temps qu'une vive déception passait dans son regard. La satisfaction de Mason monta d'un cran.

— Je crois que nous nous sommes déjà tout dit, trancha-t-elle.

— Je t'en prie, Annie… Écoute au moins ce que j'ai à te dire.

Pour toute réponse, elle brandit sous les yeux de Dwayne les sacs de provisions qu'elle tenait encore à la main.

— Excuse-moi, mais c'est lourd, rétorqua-t-elle alors que Mason faisait un pas de côté pour lui laisser le passage. Quant à ce que tu tiens absolument à me dire, je m'en fiche éperdument. Tu as été très clair aux obsèques de Jessica.

Mason laissa Dwayne entrer à son tour et suivre Annie jusque dans la cuisine, où elle déposa ses sacs sur la table.

— Je comprends que tu sois en colère, se défendit Dwayne. J'avoue que je n'ai pas été bien sur ce coup-là, mais…

— Il n'y a pas de « mais » qui tienne, le coupa-t-elle avec force. Tu m'as plaquée au pire moment de ma vie. Cela ne mérite même pas un « mais ».

— Je regrette tellement la peine que je t'ai faite, Annie ! Si tu savais ! Mais l'idée de devenir père, comme ça, du jour au lendemain – et de jumeaux en plus – m'a fait paniquer. Tu peux comprendre ça, non ?

— Tu m'en diras tant…, répliqua-t-elle d'un ton lourd de sarcasme.

— Eh oui. Je l'avoue, j'ai flippé à mort. Et puis, je me demandais s'il te resterait du temps pour moi. Pour nous. Après, j'ai pris le temps de réfléchir et j'ai compris que j'avais fait l'erreur de ma vie en te quittant. Tu me manques, Annie. Je n'arrive pas à t'oublier.

Cette fois, Mason rejoignait Dwayne. On ne pouvait oublier une femme comme Annie, c'était sûr. Mais tant pis pour ce crétin, qui n'avait pas eu conscience de la chance qu'il avait !

Heureusement, Annie semblait être de son avis et elle ne parut pas s'émouvoir de la repentance de son ex.

— Pour être honnête, rétorqua-t-elle, avec deux nourrissons à la maison, je n'ai pas eu une seconde pour penser à toi. Je dirais même que tu es le cadet de mes soucis. Pour être tout à fait claire, je te dirai que tu n'as pas la moindre chance de revenir dans ma vie. Tu m'as abandonnée une fois, je ne te donnerai pas l'occasion de me refaire subir la même chose.

— Je te demande juste d'y réfléchir, insista Dwayne. Nous nous entendions plutôt bien, tous les deux, non ? Sur un terrain personnel comme… professionnel.

Le pauvre homme n'avait pas compris. À croire qu'il était vraiment désespéré. Ou sourd.

— Ah, je comprends mieux, maintenant ! s'écria Annie. Tu n'es qu'un sale hypocrite. Je ne veux plus jamais te revoir.

— Annie, s'il te plaît. J'ai vraiment besoin de ce boulot.

— Même pas en rêve. Et maintenant, va-t'en ! Sors de ma maison !

— Annie…

Mason, qui était jusque-là resté à l'écart, se sentit le droit d'intervenir.

— Mlle Campbell vous a demandé de partir, intima-t-il d'un ton ferme.

Le visage de Dwayne changea d'un coup d'expression. De contrits, ses traits devinrent mauvais.

— Sinon, quoi ? Tu vas me jeter dehors ?

— S'il le faut, je n'hésiterai pas.

Mason gardait rivé sur Dwayne un regard qui disait clairement que ses airs menaçants ne l'impressionnaient pas. Il perçut exactement le moment où Dwayne comprit qu'il avait perdu la partie.

— Tu me regretteras un jour, Annie. Tu verras.

— Ça m'étonnerait. Je pense même que je l'ai échappé belle.

Sans ajouter un mot, Dwayne sortit de la cuisine et claqua violemment la porte d'entrée derrière lui.

Mason et Annie se regardèrent et s'exclamèrent en chœur :

— Les bébés !

Ils se précipitèrent dans la chambre des petits qui, miraculeusement, dormaient toujours d'un sommeil profond. Ils exhalèrent le même soupir de soulagement puis regagnèrent ensemble la cuisine.

— Je ne pensais pas qu'il aurait le culot de revenir ici, dit-elle la première.

— Il avait l'air déterminé.

— C'est le moins qu'on puisse dire.

Elle ferma les yeux, comme pour effacer de son esprit les images de Dwayne qui l'encombraient. Après un long moment, elle les rouvrit et dit :

— Finalement, j'ai été trop gentille avec lui. Le traiter de « sale hypocrite ». Quelle blague ! J'aurais dû lui lancer quelque chose à la figure, oui ! Ou l'insulter copieusement.

Mason fixa sur elle un regard scrutateur. Jusque-là, il ne l'avait jamais vue en colère. Mais là, son visage exprimait une colère contenue qui semblait cacher bien des secrets.

— Que vous a-t-il fait, Annie ? À part vous avoir plaquée dans un moment très difficile de votre vie ?

Elle leva les yeux sur lui et soutint son regard sans ciller.

— La dernière chose qu'il a dite avant de me plaquer, expliqua-t-elle d'une voix blanche, c'était qu'élever les morveux d'un autre ne faisait pas partie du contrat.

— Quel salaud !

Mason se sentait révolté tout autant que furieux.

— Il a de la chance que vous l'ayez mis à la porte. Sachant de quoi il est capable, je crois bien que je l'aurais balancé par la fenêtre, moi.

Contre toute attente, Annie éclata d'un rire joyeux.

— J'avoue que l'image me plaît assez. Et croyez-moi, je n'aurais pas levé le petit doigt pour vous en empêcher.

— Que voulait-il dire par « nous nous entendions bien sur un plan professionnel » ?

— Dwayne est graphiste, comme moi. Nous nous sommes rencontrés sur un projet commun.

L'idée qu'Annie et Dwayne avaient en commun le même métier et qu'ils parlaient le même langage le contraria profondément.

— Et il avait besoin de vous pour un travail ? insista-t-il sans pouvoir s'en empêcher.

— Il travaille pour une boîte concurrente de la mienne. Je suppose qu'eux aussi planchent sur le gros projet dont je vous ai parlé. Son but était sans doute d'essayer de se réconcilier avec moi pour tenter d'avoir accès à mes dossiers et de les communiquer à son équipe pour remporter le marché.

— Vous pensez qu'il aurait été capable d'une bassesse pareille ? demanda Mason, pour qui une telle hypothèse dépassait l'entendement.

— Je le suppose, oui.

— Décidément, ce type a toutes les qualités ! Vous avez raison, vous l'avez échappé belle.

— Mason, dites-moi ce que vous avez au fond du cœur.

— Je ne voudrais pas vous offenser, répondit-il prudemment. Mais j'aimerais vraiment savoir ce que vous faisiez avec cette ordure. Qu'est-ce que vous lui trouviez ?

Son regard noisette vira au vert émeraude, signe qu'il avait franchi les limites. Il en eut la confirmation au travers des mots qu'elle prononça d'un ton dur.

— C'est facile de juger de l'extérieur. De tirer des conclusions hâtives. Nous nous connaissons depuis très peu de temps, n'est-ce pas ? Alors, oui, nous partageons les bébés et vous êtes leur père. Mais vous ne savez rien de ma vie ; rien de ce que j'ai vécu avant de vous rencontrer.

— Annie, je…

— Je n'ai pas le temps de discuter, le coupa-t-elle sans ménagement. J'ai encore un sac de courses à aller chercher dans la voiture. Un peu d'exercice me fera le plus grand bien après la scène pénible que je viens de vivre.

Puis, sans ajouter un mot, elle sortit de la cuisine. Mason resta immobile, sans chercher à esquisser le moindre geste pour la retenir. La seconde d'après, il entendait Annie crier en jurant.

Il se précipita dehors et la vit par terre, le visage grimaçant de douleur.

4

Une seconde plus tôt, Annie descendait tranquillement l'escalier, la seconde d'après, elle cherchait quelque chose à quoi se rattraper pour éviter une chute fatale. En vain. Elle retomba brutalement sur les fesses tandis qu'une douleur fulgurante lui transperçait la jambe droite. Elle cria de toutes ses forces et Mason arriva presque aussitôt.

— Surtout, ne bougez pas, lui ordonna-t-il en s'agenouillant près d'elle.

— Ça ne risque pas, parvint-elle à articuler.

— Où avez-vous mal ?

Mason entreprit de palper doucement toutes les parties de son corps.

— Vous vous êtes cogné la tête ?

— Non. C'est ma jambe qui me fait atrocement mal.

Après l'avoir aidée à se redresser en position assise, il lui palpa doucement le tibia. La douleur très vive lui arracha un cri strident.

Toujours aussi délicatement, Mason lui retira sa sandale et plaça deux doigts sur sa cheville, l'air empreint de gravité. Il sembla remarquer son regard interrogateur, car il lui dit sans même qu'elle ait à formuler la question qui lui brûlait les lèvres :

— Je vérifie votre flux sanguin.

— Pourquoi ?

— Pour m'assurer que la circulation du sang se fait normalement.

— Qu'est-ce qui pourrait faire qu'elle ne serait pas normale ? demanda-t-elle avec appréhension.

— L'os.

Finalement, mieux valait ne pas savoir. Aussi resta-t-elle silencieuse tandis que Mason continuait à l'examiner. Pourtant, lorsque, pour vérifier son pied, il passa la main sous sa voûte plantaire, la chatouillant involontairement, elle tressaillit, et ce simple mouvement suffit à provoquer une douleur vive dans sa jambe.

— Vous avez des ciseaux ? demanda Mason.

— Dans le tiroir de la cuisine, mais qu'allez-vous…

Il ne prit pas la peine de lui expliquer. Déjà, il courait en direction de la cuisine et revenait moins de trente secondes plus tard avec la paire de ciseaux, qu'il positionna aussitôt au bas de son pantalon.

— Vous allez le découper ?

— Oui. De toute façon, si ce n'est pas moi, ils le feront à l'hôpital. Votre genou est très gonflé. Je pense que vous avez une fracture.

— Ce n'est pas possible. Je ne peux pas me permettre d'avoir une jambe cassée.

Il posa sur elle le regard du médecin qui n'entendait pas être discuté.

— Vous n'avez pas le choix, rétorqua-t-il. Je vous emmène à l'hôpital.

— Vous ne pouvez pas me fabriquer une attelle avec quelques branches et les bandes d'un vieux T-shirt ?

Elle avait trouvé la force de plaisanter et réussit à arracher un sourire au très sérieux Dr Mason.

— Vous regardez trop la télé, dit-il.

— Vous ne pouvez pas vous tromper ? insista-t-elle

en retrouvant sa gravité. Ça ne peut pas être une simple entorse ?

— Je préférerais, croyez-le bien. Mais nous en aurons la confirmation à l'hôpital avec une radio. Nous allons nous rendre directement aux urgences, où je pourrai m'occuper de vous personnellement.

— Bon sang ! laissa-t-elle échapper dans un soupir plein d'agacement. J'ai monté et descendu cet escalier un bon millier de fois. Comment est-ce que je me suis débrouillée pour rater une marche ?

— Vous avez sans doute voulu éviter ce paquet de couches, répondit-il en désignant du menton le paquet en question, qui gisait toujours au bas de la dernière marche.

— Les couches… Évidemment.

Elle se rappela en effet avoir transporté le plus de sacs de courses possible pour ne pas avoir à faire trop d'allers-retours entre la voiture et l'appartement. Le paquet avait glissé et elle avait négligé de le ramasser, se disant qu'elle le récupérerait avec le reste des courses. Mais avec l'épisode Dwayne, elle avait complètement oublié de…

— Mason ! cria-t-elle, soudain rattrapée par la réalité. Les bébés !

— Tout va bien, assura-t-il en sortant son smartphone de la poche de son pantalon. J'appelle ma mère. Elle va venir s'occuper d'eux le temps qu'il faudra.

— Ces enfants sont sous ma responsabilité et…

— Et aussi sous la mienne, lui rappela-t-il calmement. Il faut savoir accepter d'être aidée, parfois. De toute façon, je vous le répète, vous n'avez pas vraiment le choix.

Elle détestait avoir à le reconnaître, mais il avait raison.

En attendant l'arrivée de sa mère, Mason lui confectionna une attelle de fortune qu'il découpa dans le carton d'un colis postal et qu'il fit tenir en place par du ruban adhésif. La jambe d'Annie une fois immobilisée, il remplit un sac en plastique de glace, qu'il lui appliqua sur le genou pour en réduire le gonflement.

Lorsque Florence arriva – en un temps record – elle pressa doucement l'épaule d'Annie en un geste réconfortant puis, sans attendre, se précipita à l'intérieur pour s'occuper des jumeaux.

— Maintenant que le problème des enfants est réglé, dit Mason, nous allons essayer d'aller jusqu'à la voiture.

Il l'aida à se relever en veillant à ce qu'elle ne fasse pas peser son poids sur sa jambe cassée, mais, malgré toutes ces précautions, une douleur fulgurante la fit hurler.

— C'est bien ce que je craignais, dit-il. Nous n'avons pas cinquante solutions : soit je vous porte, soit j'appelle une ambulance.

— Je ne veux pas d'une ambulance.

— Vous avez raison. Nous irons plus vite en voiture et vous souffrirez moins. Tenez-vous prête, inspirez profondément.

Il la souleva délicatement du sol tandis qu'elle lui enroulait les deux bras autour du cou. Alors elle ferma les yeux et s'abandonna contre lui, la douleur cédant la place à un sentiment de sécurité intense. Une fois arrivés au SUV, qu'il avait garé comme toujours devant l'entrée de la résidence, Mason l'installa avec d'infinies précautions sur la banquette arrière en veillant à caler jambe fracturée entre les sièges en cuir.

Ils furent accueillis à l'entrée des urgences par un infirmier qui, aidé de Mason, aida Annie à s'asseoir dans un fauteuil roulant. Mason ordonna ensuite à l'infirmier de conduire sa patiente en radiologie, où il les rejoindrait très vite. En l'attendant, Annie s'appliqua à remplir les documents administratifs obligatoires à toute prise en charge, ainsi que des formulaires d'assurance.

Il se trouva que l'infirmier qui l'assistait travaillait en

étroite collaboration avec Mason. Elle apprit de sa bouche que le Dr Mason était brillant, très compétent, et qu'il posait toujours un diagnostic très sûr. Sa grande réactivité lui avait permis de sauver plus d'une vie comme lorsque, très récemment, ils avaient reçu les blessés graves d'un carambolage dont le pronostic vital était engagé.

— Je suis certaine que c'est une entorse, même si Mason, lui, pense à une fracture, déclara Annie d'une voix forte, comme pour se convaincre de ce qu'elle disait.

— Nous verrons. Comme je vous l'ai dit, le Dr Blackburne se trompe rarement.

La suite des événements lui donna raison.

Une fois les radios prises, Mason les apporta lui-même au radiologue afin qu'il les interprète. Annie était allongée sur un brancard à roulettes lorsque le spécialiste vint les trouver avec les résultats.

— J'ai une bonne et une mauvaise nouvelle, annonça-t-il en plaçant les clichés sur un écran lumineux.

— Dans ce cas, commençons par la mauvaise, anticipa Annie.

— Vous souffrez bien d'une fracture, confirma le médecin d'un ton dénué de triomphalisme mais teinté de compassion. Il va vous falloir un plâtre.

— Combien de temps devrais-je le garder ?

— Ce sera à l'orthopédiste d'en décider. Il ne va pas tarder.

— Il va me plâtrer tout de suite ?

— Le plus tôt sera le mieux. Vous aurez sans doute un plâtre en fibre de verre, c'est plus léger. Le but est d'immobiliser la jambe de manière à limiter la douleur et à réduire le gonflement jusqu'à ce que l'os se ressoude.

Elle croisa les bras et fronça les sourcils, exprimant sa vive contrariété.

— Et la bonne nouvelle ?

— Vous n'avez pas besoin d'intervention chirurgicale.

— Est-ce que cela signifie que je pourrai marcher malgré la fracture ? demanda-t-elle, soudain pleine d'espoir.

— Non. Pas avant six à huit semaines. Cela dépendra de votre capacité de récupération, et seulement si vous suivez bien nos instructions.

— Vous avez dit huit semaines ?

— Maximum. Comme je viens de vous le dire, six si vous vous montrez raisonnable. Si cela peut vous rassurer, sachez qu'une fracture se soigne plus facilement qu'une déchirure musculaire ou ligamentaire.

— C'est curieux, mais cela ne me soulage pas de l'apprendre, lâcha-t-elle d'un ton sardonique. J'ai deux bébés de quatre mois à la maison. Comment puis-je espérer m'en occuper dans ces conditions ? Comment les prendre dans mes bras pour les nourrir ou les bercer ? Comment faire mes courses ?

Et encore, elle n'avait pas pensé au pire.

— J'habite au deuxième étage d'un immeuble sans ascenseur. Il va bien falloir que je monte et descende les escaliers si je veux rentrer chez moi ou en sortir !

— Si vous vous appuyez sur votre jambe avant que l'os soit ressoudé, vous allez au-delà de graves complications, je vous le prédis.

— Que suis-je censée faire, alors ?

Elle était au bord des larmes, elle qui, pourtant, ne pleurait pas facilement. Ses années de dyslexie lui avaient appris à se protéger des moqueries et des agressions verbales de ses camarades de classe. Elle s'était fabriqué une carapace qu'elle pensait à toute épreuve. Pourtant, elle se sentait soudain démunie face à une simple fracture.

— Vous installer chez moi, répondit Mason.

Si Annie n'avait pas été aussi contrariée, elle aurait ri de la proposition que Mason venait de lui faire.

— Cette idée vous est venue d'un coup, comme par magie ? rétorqua-t-elle d'un ton mauvais.

— Non. J'ai pris le temps d'y réfléchir.

Le ton calme avec lequel il avait énoncé ces quelques mots la rendit encore plus amère.

— Parce que vous saviez dès le début que j'avais une fracture. Je me trompe ?

— En effet. Je suis même heureux que ce ne soit pas plus grave.

— Eh bien, pour moi, c'est grave.

Elle avait bien conscience qu'elle s'apitoyait sur elle-même, mais elle ne pouvait pas s'en empêcher. Elle n'était pas très fière d'en rajouter, alors que Mason voyait passer dans son service des cas critiques, voire désespérés. Toutefois, elle avait deux bébés en bas âge. Comment s'en occuper avec une jambe immobilisée ?

Elle réfléchit tout haut, cherchant à trouver une solution à son problème.

— Je peux travailler de chez moi, faire mes courses en ligne et me les faire livrer à domicile. En revanche, je ne pourrai pas tenir les bébés ni les nourrir si je dois me déplacer avec des béquilles. Je ne pourrai pas non plus leur donner le bain. Comme c'est ma jambe droite qui est cassée, je ne pourrai pas conduire non plus. Je pourrai faire appel à une compagnie de taxis, mais…

— Installez-vous chez moi, répéta Mason d'un ton calme.

— Je ne sais pas, lâcha-t-elle.

— Écoutez, Annie, je comprends bien que vous soyez contrariée. Mais vous pouvez me faire confiance, non ? Cela fait un mois maintenant que nous nous voyons presque chaque jour. Est-ce que je vous ai fait faux bond une seule fois ? Avez-vous à vous plaindre de moi ? Avez-vous quelque chose à me reprocher ?

— De vivre chez vos parents, peut-être ?

— Je vous l'ai dit, cette situation est temporaire. Mais à ma décharge, je manque de temps pour me mettre sérieusement à la recherche d'une maison à acheter.

Il s'interrompit, s'approcha du brancard et poursuivit :

— Si cela peut vous rassurer, je vous encourage à fouiller dans mon passé. Il n'y a rien de plus simple aujourd'hui, avec les nouvelles technologies dont nous disposons.

L'émotion était trop forte. Les yeux d'Annie s'emplirent de nouveau de larmes que, cette fois, elle ne parvint pas à refouler.

— Pardon, Mason. Je suis stupide. Votre mère et vous êtes d'une rare bienveillance. C'est juste que c'est dur de me dire que je ne vais pas pouvoir me débrouiller seule. Que je vais dépendre de vous.

— N'y pensez pas. Dites-vous plutôt que nous allons vous simplifier la vie. La maison de mes parents est de plain-pied et il ne manque pas d'espace. Vous pourrez vous déplacer sans danger. Quant à mes parents, ils vont adorer vous avoir à domicile, vous et leurs petits-enfants.

— Comment pouvez-vous en être aussi certain ? Vous les avez appelés ?

— À vrai dire, oui. Croyez-moi, je ne vous aurais pas fait une proposition pareille si j'avais senti chez eux la moindre réticence. Ils sont fous de joie.

— Je ne sais pas…

— Annie…

Il s'assit au bord du brancard et lui prit la main.

— Nous aurons beau en débattre pendant des heures, nous finirons par arriver à la même conclusion : vous n'avez pas le choix.

Une fois encore, il avait raison.

Une larme roula sur sa joue tandis qu'elle opinait d'un léger hochement de tête.

— D'accord. Mais j'accepte seulement pour les bébés.

Mason transporta le dernier carton de l'appartement d'Annie jusque dans la chambre que ses parents lui avaient attribuée, celle qu'avait occupée son frère aîné avant de voler de ses propres ailes. Il trouva la jeune femme installée dans un fauteuil de relaxation, sa jambe plâtrée étendue sur un repose-pieds. Charlie jouait dans le lit que Florence avait acheté pour l'occasion, tandis que Sarah dormait dans les bras de cette dernière.

Il avait passé la journée à faire des allers-retours entre la maison, l'appartement d'Annie, la pharmacie et il avait aussi aidé Annie à s'occuper des bébés. Dès qu'il avait eu un moment, il s'était attaché à répartir les affaires de chacun des enfants dans une armoire et une commode en pin, le plateau de celle-ci servant également de table à langer.

L'idée de savoir Annie et les petits sous le même toit que lui l'enchantait. Sans compter que, durant six semaines, il n'aurait pas à dormir sur le mauvais canapé d'Annie.

— Ça va ? demanda-t-elle à voix basse pour ne pas réveiller Sarah.

— Ça va, répondit-il sur le même ton.

— Qu'y a-t-il dans ce carton ?

— Des jouets.

Il posa la boîte dans un coin pour éviter le moindre danger à Annie lorsqu'elle se déplacerait avec ses béquilles.

Il l'avait ramenée de l'hôpital deux jours plus tôt, et aussitôt Florence avait pris les choses en main, mais en veillant bien à ce qu'Annie ne se sente pas spoliée de ses prérogatives de mère.

Depuis, il n'avait guère eu l'occasion de lui parler et leurs discussions en tête à tête lui manquaient terriblement. Il osait à peine se l'avouer, mais sa présence chez lui le rendait très heureux.

— C'était le dernier carton à rapporter, annonça-t-il

à mi-voix. À moins que, entre-temps, vous ayez pensé à autre chose.

— Vous avez l'air épuisé, fit-elle remarquer.

— Ne vous sentez pas coupable.

— Comment savez-vous que…

— Je l'entends à votre voix.

Il s'étonnait lui-même de la connaître aussi bien après un temps aussi court.

— Ce n'est pas votre faute.

— Un peu, quand même. Si je n'avais pas laissé traîner ce fichu paquet de couches…

— C'était un accident, voilà tout. Le bon côté de la chose, c'est que mes parents sont aux anges depuis que vous êtes là avec les petits.

« Moi aussi », aurait-il voulu ajouter.

Il s'approcha et fondit de tendresse à la vue de sa fille, qui dormait paisiblement dans les bras d'Annie.

— Les enfants n'ont pas été trop perturbés par tous ces changements ?

— Au début, ils étaient un peu nerveux de se retrouver dans un nouvel environnement mais, mis à part le fait qu'ils ont eu du mal à s'endormir, ils ne m'ont pas paru trop perturbés.

Elle leva sur lui son visage pâle aux traits marqués par une fatigue intense. Ses yeux, soulignés de grands cernes mauves, étaient le signe évident qu'elle aussi avait eu du mal à trouver le sommeil.

— Vous arrivez à tenir le coup ? Ce n'est pas trop dur de devoir garder votre jambe immobilisée des journées entières ?

— C'est comme ça ! Votre mère veille au grain et se sent même offensée si je ne l'appelle pas à l'aide quand je dois me déplacer avec mes béquilles. Elle est vraiment merveilleuse, Mason. Et votre père aussi !

— Ce n'est pas moi qui vous dirais le contraire. J'ai beaucoup de chance d'avoir les parents que j'ai.

— Elle ne le dit pas, mais elle aussi doit être épuisée. Entre les bébés, son travail et moi, elle n'arrête pas une seconde.

— Je crois bien qu'elle est déjà allée se coucher. La télé est éteinte et il n'y a pas le moindre bruit dans la maison.

— Oui, c'est ce qu'elle m'a dit lorsqu'elle est passée voir si tout allait bien, juste avant que vous ressortiez.

— Eh bien, maintenant, je suis là. C'est moi qui prendrai la relève si Charlie ou Sarah se réveillent dans la nuit. Ma chambre est juste en face de la vôtre.

— Pourriez-vous coucher Sarah, s'il vous plaît ?

— Bien sûr.

Il se pencha en avant et glissa une main sous le dos de la petite fille pour la soulever délicatement. Il effleura son petit front d'un baiser léger puis la déposa à côté de son frère.

— Ces pauvres petits anges ! Ils n'en peuvent plus, eux non plus.

— C'est vrai.

— Maintenant, vous allez pouvoir vous reposer un peu.

— Oui.

Pourtant, elle saisit les béquilles qu'on avait placées pour elle contre le mur, à portée de main.

— Mais d'abord, je vais prendre une douche.

Il avait dû mal entendre.

— Pardon ? Vous savez bien qu'il ne faut pas mouiller votre plâtre.

— En effet, je le sais, docteur Blackburne. Les médecins à l'hôpital ont été très clairs.

En la voyant esquisser le geste de se lever à l'aide de ses béquilles, il comprit qu'elle ne céderait pas.

— Dans ce cas, je vous autorise à prendre une douche rapide.

— C'était bien mon intention.

Sur ces mots, elle se souleva maladroitement à la force des bras et cala ses béquilles sous les aisselles.

— Mais j'en ai assez d'être coincée dans ce fauteuil depuis des heures. J'ai besoin de me laver.

— Je comprends. Mais ma sœur qui est infirmière doit passer nous voir demain. Ce serait plus raisonnable que vous l'attendiez. Elle pourra vous aider.

— Ne vous inquiétez pas. Je saurais bien me débrouiller sans votre sœur. Et n'essayez pas de me dissuader, vous n'y arriveriez pas. Je ne supporterai pas une simple toilette de plus. J'ai besoin de me laver les cheveux, de sentir l'eau couler sur mon corps. Et maintenant, écartez-vous de mon chemin. Je ne voudrais pas vous faire mal.

Il admirait la force de caractère et la détermination dont elle faisait preuve, mais imaginer qu'elle puisse le blesser alors qu'elle était si vulnérable lui tira un petit rire.

— Qu'y a-t-il de si drôle ? demanda-t-elle en fixant sur lui un regard noir. Après deux jours, je ne peux plus me supporter dans cet état.

Certes, il comprenait, mais il savait aussi qu'elle ne pourrait pas prendre de douche sans se faire aider. Elle n'avait pas encore l'habitude d'utiliser les béquilles, et encore moins de se tenir en équilibre sur une jambe.

— D'accord. Mais laissez-moi au moins discuter avec vous de la façon dont vous devrez procéder.

— Eh bien, allez-y. Je vous écoute.

— Comme je vous l'ai dit, il est indispensable de ne pas mouiller votre plâtre. Faire couler quelques gouttes dessus ne serait pas bien grave, mais que de l'eau s'infiltre à l'intérieur pourrait conduire à une infection cutanée compliquée.

— Perspective réjouissante, je dois bien l'admettre. Selon vous, comment dois-je m'y prendre, alors ?

— Je reviens dans une minute, dit-il en guise de réponse. Attendez-moi !

— Sans blague ? dit-elle en dardant sur lui un regard devenu malicieux. Je me serais plutôt vue presser le pas derrière vous.

Il prit le parti d'ignorer la pique et sortit de la chambre en trombe.

Au moment où il atteignait la cuisine, son plan était bien établi. Il prit ce dont il avait besoin, heureux de cette diversion qui l'empêchait d'imaginer Annie nue sous la douche, à l'exception de son plâtre vert pomme.

En fait, c'étaient des images qui surgissaient de plus en plus souvent dans son esprit et lui donnaient l'envie irrépressible d'embrasser Annie ; de goûter à sa bouche si sensuelle. Ce que, bien sûr, il s'interdirait de faire. Il ne serait pas dans sa vie un deuxième Dwayne Beller qui lui ferait des promesses impossible à tenir.

Lorsqu'il revint dans la chambre, elle était vide.

— Annie ?

— Je suis dans la salle de bains, lança-t-elle.

Quand il la vit dans un peignoir court en soie rose soigneusement ceinturé à la taille – à l'évidence pour cacher son corps nu –, il resta pétrifié sur place, la bouche aussi sèche que du papier buvard.

— Je pensais vous trouver dans la chambre, dit-il bêtement lorsqu'il eut recouvré l'usage de la parole.

— Je me suis changée et, comme je n'avais que quelques pas à faire…

— Bien sûr, bien sûr, dit-il en cherchant à dissiper les images qui se télescopaient dans sa tête.

— Qu'avez-vous rapporté ? demanda-t-elle, visiblement ignorante du trouble qu'elle suscitait en lui.

— Un sac-poubelle, du ruban adhésif et une cruche. Asseyez-vous, je vais vous montrer comment nous allons procéder.

Elle prit place sur l'abattant des toilettes puis, une fois assise, cala les béquilles contre le lavabo.

— Et maintenant ?

Maintenant, il allait faire de son mieux pour ne pas lui montrer à quel point il avait envie d'elle.

— Je vais recouvrir votre plâtre de ce sac-poubelle, puis coincer cette serviette-éponge en haut du plâtre et maintenir le tout en place avec du ruban adhésif. De cette manière, si le plastique se déchire, l'eau ne s'infiltrera pas à l'intérieur.

— Très ingénieux.

Il ne lui restait plus qu'à calmer le tremblement de ses mains.

Il mit un genou à terre et plaça le pied d'Annie sur sa cuisse. Il eut beau faire, il lui fut impossible de ne pas toucher sa peau douce et satinée, et ce simple contact lui était une douce torture. Il feignit de ne pas avoir remarqué que le peignoir s'était légèrement écarté, pas assez pour qu'il puisse voir quoi que ce soit, mais suffisamment pour le tourmenter à l'idée des trésors que ce vêtement lui cachait.

Il prit une profonde inspiration et enfila la jambe plâtrée d'Annie dans le sac en plastique. Il coinça ensuite la serviette en haut du plâtre puis maintint le tout avec le ruban adhésif.

Annie approuva le résultat d'un hochement de tête.

— Ça me semble parfait.

— Je pense que c'est étanche, mais n'allez pas tenter le diable. Gardez la jambe en dehors de la cabine, de manière à ne pas faire couler l'eau dessus.

— Et ça ? C'est pour quoi faire ?

Il baissa les yeux sur le verre doseur qu'il avait posé sur le rebord de la baignoire.

— C'est pour vous aider à vous laver les cheveux dans le lavabo.

— Je dois vraiment faire une croix sur la longue douche relaxante dont je rêve depuis deux jours ? Même avec mon plâtre protégé comme il l'est ?

— Vous n'avez droit qu'à une douche rapide. Désolé !

— Pas tant que moi, grommela-t-elle entre ses dents serrées.

— Je vais chercher des serviettes.

Il ne lui fallut pas plus de deux minutes pour revenir avec deux serviettes en éponge moelleuses.

— Celle-ci est pour vos cheveux, déclara-t-il.

— D'accord.

— Prête ?

Comme elle acquiesçait, il l'aida à se tenir droite puis plaça une main au creux de son dos, se maudissant de l'imaginer nue sous son peignoir. Il lui commanda de pencher la tête en avant dans le lavabo puis mouilla sa chevelure douce comme de la soie à l'aide du verre doseur, avant de la shampouiner.

Il était médecin et il avait été marié, mais c'était la première fois qu'il lavait les cheveux à une femme. Il y avait dans le fait de laisser filer entre ses doigts des mèches de cette chevelure luxuriante quelque chose d'incroyablement sensuel.

Ce contact alluma en lui le feu d'un désir intense. Il imagina leurs deux corps nus, peau contre peau, leurs membres enchevêtrés…

À coup sûr, il irait droit en enfer pour avoir des pensées aussi impures aux dépens d'une femme vulnérable. Il rinça le shampoing aussi soigneusement que possible puis utilisa l'après-shampoing, procédant de la même façon. Un homme pouvait-il aller deux fois en enfer ?

— Voilà. J'ai fini.

Il avait parlé d'une voix un peu rauque qui trahissait son trouble. Avec un peu de chance, Annie n'aurait rien remarqué. Il l'aida à se redresser puis lui tendit la serviette pendant qu'il la maintenait en équilibre. Il ne lui échappa pas qu'une veine de son cou pulsait un peu trop vite.

S'il y avait une infime satisfaction à tirer du calvaire qu'il subissait, c'était qu'Annie avait l'air aussi troublée que lui.

— Vous pouvez sortir maintenant, lui commanda-t-elle alors qu'il demeurait immobile.

Que devait-il faire ? Mettre le plus de distance possible entre elle et lui ou lui imposer sa présence pour lui prêter main-forte si le besoin s'en faisait sentir ?

— Comme vous voulez. Je serai juste derrière la porte si vous avez besoin de moi.

— Merci.

Il tourna les talons et sortit en refermant la porte derrière lui. Il n'alla pas plus loin. Son cri strident lorsqu'elle était tombée dans l'escalier résonnait encore à ses oreilles. Aussi attendit-il patiemment, sans s'éloigner, juste au cas où elle aurait besoin de lui dans la seconde.

Quelques minutes s'écoulèrent avant qu'il entende l'eau couler ; le temps qu'il lui avait fallu pour clopiner jusque dans la cabine, retirer son peignoir et poser ses béquilles contre la paroi vitrée.

Très vite, il l'entendit fermer le robinet. Très bien. Elle se montrait raisonnable, il n'aurait pas à faire le gendarme. Ce ne fut que lorsqu'il l'entendit s'apprêter à sortir de la salle de bains qu'il déserta son poste.

Qu'est-ce qui n'allait pas chez lui ?

Question idiote. Il souffrait d'un mal qu'aucune médecine ne pouvait traiter. Il souffrait de l'attirance chaque jour un peu plus forte qu'il éprouvait pour Annie Campbell.

5

Une semaine s'était écoulée depuis qu'Annie s'était cassé la jambe et était venue s'installer chez les Blackburne. Mason effectuait des gardes de vingt-quatre heures deux jours d'affilée, puis était de repos les deux jours suivants. Lorsqu'il était absent, c'était sa mère qui prenait le relais auprès des jumeaux, les apportant à Annie à l'heure des biberons et des câlins. Même John, le père de Mason, leur prêtait main-forte lorsqu'il rentrait du travail, de même que Kelsey, sa sœur, qui vivait également sous le toit familial. Il apparut à Annie que, si l'on trouvait curieux qu'un homme de l'âge de Mason vive chez ses parents, il en allait différemment pour sa sœur, qui n'avait pourtant pas un grand écart d'âge avec lui.

Mason clamait souvent haut et fort son désir d'emménager dans un logement bien à lui. Dès qu'il aurait plus de temps, disait-il, il se mettrait en quête de la maison de ses rêves. Pourquoi n'avait-il pas gardé celle qu'il occupait avant de s'enrôler dans l'armée, au lieu de la vendre ? Un de ces jours, elle lui poserait la question.

Mais pour l'heure, c'était son propre sort qui la préoccupait et la déprimait. Tout juste était-elle bonne à caresser la chienne Lulu quand, trop accaparée par les jumeaux, le reste de la famille la négligeait. Elle les entendait donner le bain aux bébés, de l'autre côté de la porte. Elle enviait les rires joyeux et les bruits d'éclaboussures qui lui parvenaient et lui faisaient regretter un peu plus son immobilisme forcé.

Elle abaissa les yeux sur Lulu, lovée contre elle. Heureusement, la chienne ne rechignait jamais à lui tenir compagnie. Elle plongea les mains dans la fourrure soyeuse de l'animal qui, trop heureux d'être le centre de son attention, se mit à lui lécher les doigts en signe de reconnaissance.

— Désolée, ma belle, mais je dois aller retrouver mes enfants, déclara-t-elle soudain en dépit du regard implorant que Lulu posait sur elle.

À peine venait-elle de refermer la bouche que Florence arriva, sans doute pour s'assurer que sa protégée allait bien et n'avait besoin de rien.

— Pas si vite, jeune dame ! Les ordres du docteur sont de garder cette jambe au repos le plus possible.

— Mais les petits me manquent, Florence.

Annie avait bien conscience qu'elle dramatisait et – oserait-elle le dire ? – pleurnichait comme une enfant gâtée. Mais elle avait beau faire, elle ne pouvait s'en empêcher.

— Vous ne comprenez pas, ajouta-t-elle.

— Je pense que si. Vous ressentez un mélange de culpabilité et d'ennui.

— C'est cela.

Florence s'assit dans le fauteuil club qui se trouvait face au canapé où était installée Annie.

— Lorsque j'étais enceinte de Kelsey, ma benjamine, j'ai souffert d'un *placenta prævia*. C'est une affection dangereuse qui aurait pu occasionner des complications durant l'accouchement. Aussi, j'ai dû rester alitée jusqu'à ce que mon bébé soit assez développé pour pouvoir naître par césarienne.

— Oh ! mon Dieu !

— J'avais déjà trois petits garçons pleins de vie qui ne comprenaient pas que leur maman ne s'occupe plus d'eux comme elle le faisait d'habitude. Je n'oublierai jamais le petit visage dépité de Mason chaque fois qu'il me demandait d'aller jouer avec lui au basket et que je devais lui dire non. J'ai eu beau lui expliquer que maman devait rester au lit, il ne comprenait pas, bien sûr. Cela m'a brisé le cœur, vous pouvez me croire !

— Comment avez-vous fait avec tous vos enfants ?

— J'ai pu compter sur mes beaux-parents. Ils étaient merveilleux. Je ne sais pas comment j'aurais fait sans eux.

— Vous avez eu beaucoup de chance.

— Oh oui ! Les enfants adoraient leurs grands-parents. Ils nous manquent encore terriblement.

Sa voix se brisa sur ces derniers mots et elle dut s'interrompre un instant, avant de reprendre :

— Ils sont morts tous les deux il y a quelques années, à deux mois d'intervalle. Ma belle-mère est partie la première ; son mari ne lui a pas survécu. Il ne savait pas vivre sans elle, disait-il.

— Il est parti du cœur, en somme.

Florence esquissa un sourire triste.

— C'est exactement cela. Ma famille a été très présente, elle aussi. Ma sœur Lillian, notamment, qui venait à la maison dès qu'elle le pouvait alors qu'elle était débordée de travail. Elle adorait mes fils.

— Vos deux familles vous ont aidée et soutenue. C'est magnifique.

— Ils avaient même dressé un planning pour effectuer des tours de garde, rétorqua Florence, son pâle sourire devenu doux. C'était Lillian qui était chargée de le faire respecter, mais les tableaux, les chiffres, ça n'a jamais été son truc. Elle a toujours été un peu rêveuse. C'est la grande romantique de la famille. D'ailleurs, elle a créé une agence matrimoniale. À chaque fois qu'elle se heurte à un problème, elle se fait aider par mon fils Gabriel, comme c'est le cas en ce moment.

— Une de mes amies, Carla, travaille dans l'agence de votre sœur. Elle y a justement rencontré votre fils.

— Ah, la famille ! Elle est à la fois difficile et indispensable. Pour en revenir à votre problème, Annie, je n'aurai qu'un conseil à vous donner : puisque votre jambe ne guérira que si vous respectez les consignes du médecin, regardez le bon côté des choses. Profitez-en pour vous reposer et acceptez l'aide que nous vous offrons. Nous sommes heureux d'être là pour vous.

— Merci beaucoup, Florence. Je n'ai pas les mots pour vous dire à quel point je vous suis reconnaissante.

Lulu, sans doute agacée de ne plus être au centre de l'attention, se rappela à Annie en lui donnant de petits coups de patte sur sa jambe valide. Annie se remit à la caresser, un sourire aux lèvres.

— Le problème, c'est que j'ai beaucoup de mal à déléguer, expliqua-t-elle. Mais il faut dire que j'ai dû apprendre à me débrouiller seule.

— Vous n'avez pas de famille ?

— Si. J'ai toujours ma mère et son mari. Un beau-père, donc.

— Vous n'avez pas l'air de beaucoup l'apprécier.

— Comment avez-vous deviné ? Je n'ai pourtant rien dit qui puisse laisser supposer cela.

— C'est le ton sur lequel vous avez prononcé le mot. Annie, ma chérie, tout est dans le ton.

Elle regrettait bien d'être incapable de cacher ses émotions. Comme le soir où Mason s'était démené pour qu'elle puisse prendre une douche puis qu'il lui avait lavé les cheveux. Elle avait adoré le contact de ses mains douces sur sa jambe puis sur son cuir chevelu. Des contacts somme toute anodins, mais qui lui avaient envoyé des ondes de désir dans tout le corps. Mais sans doute n'avait-il rien remarqué lui-même du trouble qui l'avait envahie car, à aucun moment, il n'avait cherché à accrocher son regard. Il s'était concentré sur ce qu'il faisait, le visage et le corps impassibles.

Depuis le jour où il s'était présenté à sa porte, il n'avait jamais lancé le moindre signal qui aurait pu laisser penser qu'elle l'attirait, et encore moins qu'il avait envie d'elle. Qu'elle se le tienne pour dit : si Mason était présent dans sa vie, c'était dans l'intérêt des jumeaux. Rien d'autre. Lui faire comprendre qu'il lui plaisait pourrait se révéler la pire humiliation de sa vie, et des humiliations, elle en avait déjà eu son compte.

— Je sais qu'on peut lire en moi comme dans un livre ouvert, finit-elle par reconnaître. C'est sans doute la raison pour laquelle, du jour où notre mère et son mari se sont installés en Floride, Jessica et moi n'avons plus entendu parler d'eux.

— Savaient-ils que votre sœur était enceinte ?

Comme à chaque fois que sa famille était évoquée, Annie eut un goût amer dans la bouche.

— Oui, ils le savaient. Et ils ont également appris le décès de Jessica juste après la naissance des jumeaux. Ils n'ont pourtant pas jugé utile de se déplacer et ne sont pas venus voir les petits une seule fois depuis le drame.

Le visage de Florence afficha un mélange de dégoût et d'incompréhension. Il lui arrivait donc, à elle aussi, de ne pas savoir cacher ce qu'elle ressentait.

— Les petits-enfants, c'est notre récompense pour ne pas avoir étranglé nos enfants à l'adolescence, finit-elle par dire avec un demi-sourire mi-figue mi-raisin. Mais quand même… Non, peu importe.

Pourquoi Florence n'allait-elle pas au bout de sa pensée ?

Elle avait pourtant pour habitude de toujours dire ce qu'elle avait sur le cœur.

— Qu'alliez-vous dire, Florence ? la pressa Annie, au comble de la curiosité.

— Rien. Je ne tiens pas à porter de jugement sur les gens que je ne connais pas.

— Mais… ?

— La Floride est loin d'ici et je ne connais pas la situation financière de vos parents, concéda-t-elle.

— Je vois bien que, malgré vos réticences, vous avez un avis là-dessus.

— Bien sûr. De toute façon, j'ai un avis sur tout, ajouta-t-elle en souriant.

Annie attendit une suite qui ne vint pas.

— Comment va votre jambe ? éluda Florence. Vous êtes bien installée ?

— Ma jambe va bien et je suis parfaitement installée, répondit Annie en arrangeant un peu le coussin épais sur lequel reposait sa jambe plâtrée. Mais vous avez changé de sujet.

— C'est vrai, admit Florence. Je ne tiens pas à ce que vous ayez une mauvaise opinion de moi.

Comment une femme aussi bienveillante que Florence Blackburne pouvait-elle imaginer une chose pareille ? Elle pouvait bien se permettre de dire tout le mal qu'elle pensait des parents d'Annie, celle-ci ne lui en voudrait pas.

— Vous n'êtes pas sérieuse, j'espère ! Sans vous et votre famille, je ne sais pas comment j'aurais pu m'en sortir. D'ailleurs, je ne veux même pas y penser. Vous êtes une sainte, Florence !

— Oh ! j'avais tellement envie d'être grand-mère ! Un temps, j'avais espéré que Mason et…

Un voile de tristesse passa dans son regard.

— C'était une autre vie. En tout cas, en ce qui me

concerne, je ne supporterais pas de ne pas connaître les enfants de mes enfants. C'est une telle bénédiction.

— Pour moi aussi.

— Merci de partager ces petits anges avec nous, Annie. Et si vous trouvez que j'en fais trop ou que je dépasse les limites, n'hésitez surtout pas à me le faire savoir. Je pense vraiment ce que je vous dis.

— Très bien. Je vous le promets.

— J'y tiens car, voyez-vous, je déborde tellement d'amour pour ces petits qu'il se peut que je ne réalise pas bien où se trouve la frontière entre mère et grand-mère. J'ai si peur de passer à côté de quelque chose !

— Je comprends tout à fait, Florence. Vous pouvez compter sur moi. De mon côté, je promets d'arrêter de gémir et de me plaindre quand j'ai la chance de vous avoir pour vous occuper des enfants.

— Merci, dit Florence en lui pressant gentiment la main.

Décidément peu encline à être laissée de côté, Lulu descendit d'un bond du canapé et vint se planter entre les deux femmes. Annie capta le message. Elle plongea la main dans le paquet de biscuits pour chiens qu'elle gardait toujours à côté d'elle et en présenta un à Lulu qui, aussitôt, se dressa quelques secondes sur les pattes arrière, avant de prendre délicatement la friandise entre ses crocs et d'aller la déguster sous la table de la salle à manger, sa cachette favorite. Rassérénée par la discussion qu'elle venait d'avoir avec Florence, Annie esquissa un sourire amusé. Finalement, elle était heureuse d'être au moins utile à Lulu.

— Vous savez, Florence, pour en revenir à ma mère et à mon beau-père, ils ne sont pas comme vous. Loin de là. Ils se fichent bien de passer à côté de leurs petits-enfants. Ils ont toujours été comme cela. Pas très intéressés par ce qui pouvait bien nous arriver, à Jessica et à moi.

— Je ne veux surtout pas leur donner d'excuses, mais il est parfois difficile de trouver l'équilibre entre notre rôle de parents et la volonté de nos enfants de vouloir s'en affranchir pour vivre leur vie comme ils l'entendent. En tant qu'aîné, Mason a essuyé les plâtres, si j'ose dire. John et moi ne savions pas trop comment nous y prendre quand nous avons eu notre premier enfant. Aujourd'hui, nous en rions tous.

— Au moins, Charlie et Sarah n'auront pas ce problème, répliqua Annie en riant. Et ils pourront compter l'un sur l'autre en cas de conflit avec leurs parents. Enfin, avec moi, parce que Mason sait tellement bien s'y prendre avec eux ! On dirait qu'il a été père toute sa vie.

En effet, il apparaissait à Annie un peu plus clairement chaque jour à quel point il aimait ses enfants. Contrairement à Dwayne qui avait qualifié les jumeaux de « morveux d'un autre ». Là encore, Mason s'était montré protecteur, brûlant de donner une bonne correction à ce crétin.

— Mason m'a dit que votre petit ami vous a quittée lorsqu'il a appris que vous alliez vous occuper des jumeaux.

— Je n'arrive toujours pas à comprendre comment j'ai pu me tromper à ce point sur son compte. J'ai été bien échaudée, c'est sûr, mais j'en tirerai les leçons qui s'imposent. Je ne commettrai jamais plus la même erreur.

— Les gens ne sont pas tous prêts à déguerpir à la moindre difficulté, Dieu merci ! tempéra Florence.

— Je n'en suis pas si sûre, rétorqua-t-elle.

À peine eut-elle prononcé ces mots qu'elle les regretta. Florence pouvait mal interpréter ce qu'elle venait de dire.

— Je ne parlais pas pour vous, bien sûr, reprit-elle. Je vous suis tellement reconnaissante pour votre générosité. Vous m'avez ouvert votre maison alors que vous me connaissiez à peine.

— Vous pouvez même considérer que vous avez une famille qui s'inquiète de vous, maintenant.

— Merci, Florence.

Elle n'osait trop y croire. Leur beau-père ne clamait-il pas haut et fort, à longueur de temps, que si Jessica et elle avaient été ses filles, elles ne lui auraient pas causé autant de problèmes ? « Elles auraient filé droit, vous pouvez me croire ! » Le message était on ne peut plus clair. Dans ces conditions, comment ne pas penser que, si la famille de Mason était si prompte à l'aider, c'était parce que le sang des jumeaux coulait dans leurs veines ? Quelle autre raison auraient-ils de la faire entrer dans leur vie, sinon ?

— Je le pense vraiment, Annie, insista Florence, qui avait sans doute deviné son scepticisme. Je comprends que vous ayez du mal à faire confiance à quelqu'un après ce que vous avez vécu. Je crois pouvoir dire que l'amour n'est qu'une question de preuves.

Dans ce cas, elle s'était trompée trois fois. Son père biologique les avait abandonnées, Jessica et elle. Son beau-père les avait maltraitées psychologiquement. Et, pour finir, Dwayne l'avait plaquée au pire moment de sa vie. Joli bilan qui expliquait qu'en effet, elle avait un mal fou à se fier à quiconque.

Elle ne croyait même plus en l'amour. Sa vie n'avait été qu'une suite ininterrompue de désillusions et ce n'était pas ce séjour dans cette maison au sein d'une famille idyllique qui allait changer sa façon de voir les choses. Dès qu'elle serait en mesure de se débrouiller de nouveau seule, elle rentrerait chez elle et refermerait définitivement la porte sur ce miroir aux alouettes.

La maison était calme. Tout le monde dormait. Mason était assis dans le fauteuil à bascule, la petite Sarah dans les bras tandis qu'Annie, installée dans le fauteuil de relaxation, sa jambe plâtrée légèrement surélevée, tenait Charlie blotti contre sa poitrine. Tous deux berçaient les petits en parfaite synchronisation.

Il coula un regard en direction d'Annie. Elle était si belle ainsi, avec le petit Charlie lové contre elle. Cela faisait quinze jours maintenant que les jumeaux et elle vivaient sous le même toit que lui, et Annie et lui étaient passés au tutoiement tout naturellement. Il pouvait affirmer avec certitude qu'il n'avait pas été aussi heureux depuis bien longtemps.

— Quoi ? demanda Annie au moment où elle surprit son regard sur elle.

— Rien, répondit-il après s'être assuré que la petite Sarah dormait bien.

— Tu en es sûr ? Tu as l'air bizarre. À quoi pensais-tu ?

Il hésitait à lui répondre.

— J'ai peur que tu me prennes pour un idiot si je te le dis, finit-il par avouer.

— Tu en as trop dit. Maintenant, tu es obligé de continuer.

— Je ne sais pas. Tu vas te moquer de moi.

— Et alors ? Allez, vas-y, doc. Crache le morceau. Tu es un grand garçon, non ? Un ancien soldat. Je ne peux pas croire que tu ne te sois pas forgé une carapace.

Changer de sujet. Voilà qui devrait lui laisser encore quelques minutes de répit.

— Et toi ? Tu t'en es forgé une, de carapace ?

— J'y étais obligée. C'était une question de vie ou de mort.

Elle laissa échapper un petit rire lourd de sarcasme.

— Alors, laisse-moi t'aider. Qu'est-ce qui a amené ce sourire béat sur tes lèvres ?

— Si je dois passer aux aveux, il faut que je commence

par te dire que je suis sincèrement désolé que tu te sois cassé la jambe.

Même si cela m'a permis de voir de toi le plus joli des spectacles.

— Pas tant que moi, rétorqua-t-elle avec une pointe d'impatience. Mais j'imagine qu'il y a une suite.

— Oui. En fait, je suis heureux parce que, grâce à cette fracture, nous vivons tous sous le même toit. Cela me permet de mieux découvrir les enfants. Comme en ce moment.

— Sarah dort dans tes bras. En quoi cela te permet-il de mieux la découvrir ?

— Disons plutôt que cela me permet de créer des liens plus forts. Tu vois le fauteuil à bascule dans lequel je me trouve ? Eh bien, c'est mon père qui l'avait offert à ma mère lorsqu'elle était enceinte de moi. Il était entreposé dans le garage depuis des lustres et je l'ai rapporté dans la maison pour pouvoir y bercer les bébés.

— C'est une antiquité, alors, le taquina-t-elle.

Cette petite pique amena un sourire amusé sur ses lèvres. Rien ne pourrait ternir le moment de grâce qu'il était en train de vivre avec sa fille.

— Dans ce fauteuil, je découvre le sommeil de ma fille, poursuivit-il. Ses petits rituels. Avoir les enfants en permanence à la maison me permet de découvrir leurs personnalités, d'être là au moment où il le faut. Avant, quand je venais les voir chez toi, j'avais l'impression d'être en visite, un peu comme à l'hôpital lorsqu'on vient voir un parent malade. Mais maintenant, c'est différent.

— Tu préférerais peut-être les élever seul ? Sans moi ?

— Non, pas du tout, s'empressa-t-il de la rassurer. Tu es leur mère. Leur moteur. Le pivot central de leur existence.

— Cela ne te dérange vraiment pas que ta vie soit

chamboulée parce que je me suis cassé la jambe, et que nous ayons dû nous installer tous les trois ici ?

— C'est tout le contraire. J'adore mon métier de médecin ; j'adore l'idée que je soigne des gens ou encore que je sauve des vies. Mais tout cela n'est rien en comparaison de l'émotion que je ressens à être père. J'aime tellement le temps que je passe avec eux ! J'en apprécie chaque minute, chaque seconde. Pour la première fois de ma vie, j'oserais presque affirmer que je suis heureux.

C'était un bonheur qui n'avait rien à voir avec celui ressenti lorsqu'il avait décroché son internat et qui l'avait payé de toutes les nuits blanches passées à plancher sur ses examens ; ce n'était pas non plus l'excitation liée à l'attente des résultats d'un test de grossesse où son épouse et lui ne doutaient pas un instant que cette fois serait la bonne.

Ce qu'il ressentait en présence de ses enfants était différent. C'était l'état qui lui manquait pour atteindre le degré parfait de ce que l'on pourrait appeler la plénitude.

— Et toi, Annie ? Es-tu heureuse ?

— Il est difficile de ressentir une chose à laquelle on ne croit pas. Si le bonheur existe, c'est pour moi la période de transition qui se trouve entre deux périodes de crise.

Mason réprima un soupir. Florence lui avait parlé de la discussion qu'elle avait eue avec Annie. L'absence de ses parents, le comportement de Dwayne, ces choses-là expliquaient son cynisme. Mais il avait le sentiment que ce n'était pas tout ; qu'Annie gardait enfouie une blessure dont elle n'avait pas encore parlé. Dans la salle des urgences, il arrivait fréquemment que des patients soient réticents à parler d'eux alors que ces informations relevaient non pas de l'indiscrétion, mais de la nécessité de tout savoir avant une intervention chirurgicale. Au fil des ans, il avait appris à traquer les signaux et à les interpréter. Peut-être y parviendrait-il aussi avec Annie ?

— Veux-tu que nous parlions de ce qui t'est arrivé ? proposa-t-il. Je veux dire… En dehors du fait qu'un petit ami égocentrique t'a abandonnée avec deux bébés sur les bras.

— La vie m'est tombée dessus, répondit-elle. Dwayne n'a été que la cerise gâtée sur un mauvais gâteau.

— Raconte-moi.

Il sentait le poids mort du bébé endormi sur son bras ankylosé mais n'osa pas esquisser le moindre geste. L'occasion de faire parler Annie ne se représenterait peut-être pas de sitôt. La suite lui donna raison.

— Ma mère s'est retrouvée enceinte durant sa dernière année de fac, commença-t-elle. Par peur du scandale, ses parents l'ont contrainte à épouser le garçon avec qui elle avait couché. Ils étaient tous les deux très jeunes ; trop jeunes pour devenir parents, mais Jessica est née. À peine deux ans plus tard, ma mère m'attendait. Mon père n'a pas supporté la responsabilité de deux enfants. Il est parti.

Mason comprenait mieux à présent. La désertion de Dwayne avait touché chez Annie un point ultra-sensible.

— Et ton beau-père ?

— Mon beau-père…, répéta-t-elle d'un ton sardonique. Il n'a de beau-père que le nom.

— Que s'est-il passé ?

Elle laissa passer un long moment avant de répondre :

— Autant que tu le saches : je suis dyslexique. Il paraît que c'est héréditaire.

— En effet.

— Il faudra que nous soyons vigilants. Si l'un ou l'autre des jumeaux – ou les deux – présente des difficultés à lire et à écrire, nous devrons nous en occuper tout de suite. Plus tôt ce problème est détecté, plus il est facile à corriger.

— C'est bon à savoir. Mais toi, Annie, comment l'as-tu vécu ?

Pour toute réponse, elle resserra les bras autour du petit Charlie et se pencha pour déposer un baiser léger sur son front.

— À l'école primaire, reprit-elle finalement, ils ont mis deux ans à détecter que j'avais un problème. En deuxième année, la plupart des enfants savaient déjà lire et écrire. Ils étaient tirés d'affaire.

— Mais pas toi.

— Non. Nous étions classés – pour ne pas dire triés – par couleurs. Cette démarche était censée se faire dans la plus grande discrétion, mais tout le monde savait à quel groupe vous apparteniez. Lorsque, finalement, ma maîtresse a tiré la sonnette d'alarme, suggérant à ma mère que je prenne des cours de soutien et consulte une orthophoniste, mon beau-père s'y est opposé. Pour lui, c'était de l'argent jeté par les fenêtres puisque j'étais tout simplement idiote.

— Oh ! Annie…

Il fut saisi d'une envie irrépressible de la protéger, très vite remplacée par une colère sourde. S'il l'avait pu, il aurait embarqué dans le premier avion pour la Floride pour aller corriger comme il se doit un être aussi abject et insensible. Quant au chapelet d'injures qui lui montait aux lèvres, il préféra le garder cadenassé, en partie parce que les mots auraient dépassé sa pensée, en partie parce que cela aurait empêché Annie de poursuivre son récit.

— Rien ne le réjouissait davantage que de me rabaisser, continua-t-elle en effet. Il ne ratait pas une occasion de me traiter de gourde ou d'imbécile.

— Et ta mère ? Où était-elle ? Elle le laissait faire ? Elle ne cherchait pas à te protéger ?

— Elle avait bien trop peur qu'il la plaque avec ses deux filles si elle protestait. Alors, elle ne disait rien.

— Tu devais te sentir horriblement seule.

Il avait fait son possible pour s'exprimer sur un ton neutre, pour ne pas laisser voir à quel point il était révolté, mais il n'était pas certain d'avoir réussi.

— Heureusement, j'avais Jessica.

— Elle n'était qu'une enfant, elle aussi.

— Oui, mais c'était ma grande sœur et elle a toujours eu à cœur de me défendre.

Elle s'interrompit et chercha le regard de Mason par-dessus la petite tête duveteuse de Charlie.

— Lorsqu'il commençait à m'insulter, sans aucune raison valable, elle n'hésitait pas à lui voler dans les plumes. Dans ces cas-là, elle le prenait tellement par surprise qu'il arrêtait net de me maltraiter. Là, c'était elle qui prenait le dessus.

— Heureusement pour elle, j'imagine !

Il n'avait passé qu'une nuit avec Jessica, mais il se souvenait d'une femme libre et volontaire, qui ne s'en laissait pas compter. Il comprenait mieux à présent d'où elle tenait cette force de caractère.

— Il adorait nous priver de sortie, mais jamais ensemble parce qu'il savait que, réunies, nous formions une force qu'il avait du mal à maîtriser.

— Quel sale type ! grommela-t-il entre ses dents serrées. Si jamais je…

— Je subissais le même sort à l'école. Une bande de petites brutes s'en prenait systématiquement à moi. Sauf quand ils savaient ma sœur dans les parages. Elle était mon héroïne. Mon sauveur.

Elle exhala un soupir chargé d'une tristesse infinie.

— Elle me manque tant ! Elle aurait été une maman merveilleuse pour ses bébés.

— C'est vrai. Je l'avais trouvée extraordinairement forte et protectrice pour son âge. Oh Annie, je regrette que tu sois passée par tant d'épreuves ! Aucun enfant ne devrait vivre cela.

— Il paraît que ce qui ne tue pas rend plus fort. Cela reste à voir. Pour en revenir à mon problème, apprendre à lire a été une véritable épreuve pour moi. Un cauchemar, même. Je détestais ça. Les cours d'arts plastiques, en revanche… Il n'y a pas de manuel, ni de bonne ou de mauvaise façon de s'y prendre. Tout relève de ce que l'artiste a dans les tripes ; ce qu'il veut exprimer. J'ai eu des professeurs fantastiques qui m'ont prise sous leur aile et m'ont donné de précieux conseils.

— Comme quoi ?

— Comme se donner à fond dans ce que l'on aime. Moi, c'était le dessin et j'en ai fait mon métier.

— C'était également une manière de te fermer à ton univers difficile.

— Je ne veux pas que tu me plaignes, Mason. Si je t'ai confié ce pan de ma vie, c'est parce que nous allons élever ensemble tes enfants, et qu'à ce titre je te dois la vérité. En plus…

Elle s'interrompit, semblant hésiter à poursuivre.

— En plus… ? la pressa-t-il doucement.

— En plus, comme tu as pu le constater, je peux me montrer assez revêche, pour ne pas dire acariâtre. Mais en fait, c'est une façade. C'est ma manière à moi de me protéger d'éventuelles humiliations.

— C'est bien normal. Mais il y a des blessures que même une armure ne peut nous empêcher d'oublier. Cette armure ne peut pas nous protéger de tout, malheureusement. Et puis, personne n'est parfait.

— Ainsi parle l'homme qui a connu une enfance de rêve ; qui a été élevé par des parents merveilleux ; dont le père a acheté un fauteuil à bascule à sa femme lorsqu'elle était enceinte.

— C'est exact, j'ai été gâté. Et je souhaite à tous les enfants de vivre comme j'ai vécu. C'est la manière dont je voudrais élever Charlie et Sarah. Cela ne les préservera pas des coups – car ainsi va la vie – mais je veux qu'ils grandissent dans un environnement serein et qu'ils sachent que leurs parents sont là pour les protéger.

Annie cala Charlie sur ses jambes, dans une position qu'elle voulait confortable. Il grandissait si vite ! Bientôt, elle ne pourrait plus le garder ainsi.

— Je ne cherche pas non plus à être parfaite, Mason. J'ai appris à régler les problèmes les uns après les autres et a toujours avoir un plan B en réserve.

Mason avait étudié l'anatomie, la physiologie. Il savait soigner les corps malades ; mais les âmes mises à mal, ce n'était pas sa spécialité. Il aurait aimé pourtant la soulager de ses souffrances et la décharger du fardeau qu'elle trimballait depuis trop longtemps, mais il n'avait pas les clés pour cela.

Tout ce qu'il pouvait faire, c'était se montrer présent et lui faire comprendre qu'il ne la lâcherait pas, contrairement aux hommes qui avaient jalonné sa vie. D'autant qu'ils avaient en commun le même but, tous les deux : élever les jumeaux dans l'amour absolu.

Un amour bien éloigné de celui qui pouvait lier un homme à une femme. Mais cette expérience malheureuse, il l'avait déjà faite une fois et n'avait pas la moindre intention de la revivre.

Il désirait Annie. C'était indéniable. Mais il ne s'agissait que d'une attirance physique et il ne la laisserait pas évoluer autrement.

— Demain, je t'emmène visiter des maisons, déclara-t-il d'un ton qu'il voulait enjoué.

6

Quand Annie entra dans la cuisine le lendemain matin, elle trouva Mason accoudé au comptoir, un café à la main. Comme à chaque fois qu'elle le voyait, son cœur se mit à battre la chamade. N'importe quelle femme dans sa situation aurait été transportée de joie, mais il fallait croire qu'elle n'était pas comme les autres, car cette attirance la contrariait plus qu'elle ne la rendait heureuse.

Ce qui l'intéressait pour l'heure, c'était d'en savoir plus sur la journée qui l'attendait.

— À propos des maisons que tu veux visiter… Nous n'avons pas pu en discuter hier soir, mais…

— J'ai rendez-vous avec un agent immobilier et j'aimerais que tu m'accompagnes, expliqua-t-il. Enfin, si tu n'as pas un travail important à finir, bien sûr.

— Non, je suis à jour. J'ai déjà tout envoyé à mon patron. En revanche, dans l'hypothèse où je t'accompagnerais, je ne vois pas comment nous ferions pour les jumeaux.

— Ma mère travaille à mi-temps, tu te rappelles ? D'ailleurs, elle ne devrait plus tarder maintenant.

Sa première réaction fut de refuser. Elle ne s'était trouvée en tête à tête avec Mason qu'à deux reprises : lorsqu'il l'avait conduite à l'hôpital au moment où elle s'était cassé la jambe et lorsqu'il l'avait aidée à prendre une douche, la fois où elle en mourait d'envie. Quand elle y pensait, elle ressentait encore la chaleur qu'avaient suscitée ses mains sur sa peau. Et puis, il était si beau ! D'une séduction renversante, même. Sans parler de sa gentillesse. Une gentillesse qui devait cacher quelque chose. Tous les hommes cachaient quelque chose derrière leurs airs bienveillants.

— Annie… Tu ne dis rien ? demanda-t-il en reposant sa tasse vide sur le comptoir.

— Tu ne peux pas vouloir que je vienne avec toi, répondit-elle. Sérieusement, Mason. Tu me vois t'accompagner avec ces béquilles ? Je ne ferais que te ralentir.

— Quelle importance ? Et puis, tu commences à bien te débrouiller avec tes béquilles. Ta jambe ne te fait pas mal ?

— Je vois que le Dr Blackburne est de retour !

— Absolument. Quand c'est nécessaire. Alors ? Pas de douleur dans la jambe ?

— Non. En revanche, elle me démange horriblement.

— Ce n'est pas très agréable, j'en conviens. Mais crois-le ou non, c'est bon signe. Allons, accepte ! Il fait un temps magnifique. Cette sortie te distraira un peu.

— Tu crois ?

— Mais oui. Tu te concentreras sur autre chose et tu ne penseras plus à infiltrer à tout prix dans ce fichu plâtre de quoi te gratter.

Elle esquissa un sourire amusé. Il avait raison. C'était exactement ce à quoi elle pensait de manière presque obsessionnelle. Mais il n'avait pas répondu à sa question.

— Pourquoi tiens-tu tellement à ce que je t'accompagne ?

— Comme les jumeaux vivront avec moi la moitié du temps, j'aimerais vraiment avoir ton avis sur la maison que je vais acheter. Ton regard de mère pourra m'éviter des erreurs. Tu verras ce que je ne verrai pas. L'agent immobilier avec qui j'ai rendez-vous a sélectionné plusieurs maisons selon les critères que je lui ai soumis. Mais tu sauras mieux, toi, si la maison est vraiment adaptée aux enfants, si elle ne comporte pas de dangers pour eux.

— Tu avais une maison avant de quitter l'armée. Pourquoi l'as-tu vendue ?

Elle n'aurait pas posé cette question si Mason ne l'avait pas mise au pied du mur. Mais lorsqu'elle vit le sourire s'effacer d'un coup et une ombre passer sur le visage masculin, elle ressentit une vive culpabilité qui la poussa à changer de sujet.

— Si tu veux que je vienne avec toi, je viendrai, déclara-t-elle avec détermination. À la condition que tu me le dises si je te ralentis trop. Je sais que tu as un planning très serré et que ton temps est précieux.

— C'est promis, acquiesça-t-il en faisant le geste de plaquer sa main sur le cœur. J'ai tellement hâte d'avoir mon propre chez-moi. Tu sais ce que les gens pensent des grands garçons de mon âge qui vivent encore chez leur papa et leur maman !

Elle éclata de rire.

— Oui. Les gens doivent commencer à jaser. Ce Dr Blackburne doit cacher quelque chose d'inavouable. Il n'a pas encore quitté le nid familial. Ce n'est pas normal.

Il esquissa un sourire amusé qui détendit ses traits restés crispés.

— Les enfants ont besoin de se sentir chez eux, eux aussi. D'avoir leur espace. Ils sont bien accueillis chez mes parents, mais j'ai toujours peur qu'ils fassent trop de bruit et qu'ils les dérangent. Chez eux, ils pourront brailler autant qu'ils le voudront.

— Docteur Mason, vous m'avez convaincue ! Je file me changer. Si tes futurs voisins te voient débarquer flanquée d'une clocharde, tu risques de te les mettre à dos avant même d'avoir emménagé, ajouta-t-elle en désignant d'un regard éloquent le pantalon de jogging découpé à mi-cuisses qu'elle portait.

— Tu n'as pas tort, rétorqua-t-il.

Quelque chose dans le ton de sa voix avait changé lorsque son regard s'était porté sur ses cuisses dénudées. Il détourna vivement la tête et alla à l'évier.

— Je vais laver les biberons pendant que tu te prépares. Ce sera toujours ça de fait quand maman rentrera.

Annie hocha la tête et quitta la pièce aussi vite que ses béquilles le lui permettaient. Pourvu qu'elle n'ait pas fait une bêtise en acceptant d'accompagner Mason ! Mais il était trop tard pour revenir en arrière. Il comptait sur elle, elle ne pouvait pas se défiler. À présent, elle avait un problème de taille à régler : qu'allait-elle bien pouvoir se mettre ? Heureusement, le temps plutôt clément de cette fin octobre allait lui faciliter les choses. Un bermuda ferait l'affaire. Elle en choisit un blanc, qu'elle assortit à un T-shirt rayé à manches trois quarts.

Avant de se rendre dans la salle de bains, elle alla jeter un coup d'œil aux bébés. Ils dormaient encore d'un profond sommeil. Tant mieux. Elle allait pouvoir se préparer en toute tranquillité. Elle s'habilla, attacha ses cheveux en queue-de-cheval placée haut sur son crâne, puis se maquilla avec un soin tout particulier, non pas pour impressionner Mason, mais parce qu'il était important de faire bonne impression sur ses futurs voisins éventuels. Un mensonge dont elle réussit presque à se convaincre.

Florence arriva pile au moment où elle terminait de se préparer. Toutes les conditions étaient donc réunies pour qu'elle laisse les jumeaux sans inquiétude et passe une bonne journée.

Lorsqu'ils s'arrêtèrent devant la première des maisons à visiter, l'agent immobilier, George Watters, les attendait sur place.

— Le jardin est parfaitement entretenu et l'allée qui mène à l'entrée est toute en briques, commença-t-il à récapituler en guise d'introduction. La maison bénéficie d'une large véranda, de quatre chambres, deux salles de bains et une salle d'eau. Je suis désolé, Annie, mais il y a un étage.

— Ce n'est pas un problème, répondit Mason à la place d'Annie. Voyons déjà le rez-de-chaussée. Nous saurons ensuite si nous aurons envie de poursuivre la visite ou pas.

Il aida Annie à s'extraire du SUV et tous trois remontèrent la courte allée qui conduisait à la porte d'entrée. George prit une clé du lourd trousseau qu'il avait sorti de sa serviette puis, après avoir déverrouillé la porte, s'en écarta pour laisser Annie passer la première.

C'était une maison ancienne avec de hauts plafonds, qui avait besoin d'être rafraichie. Il sauta aux yeux d'Annie que la cuisine salle à manger manquait d'espace, de même que le salon adjacent.

Elle n'était pas emballée, mais ce n'était pas elle l'acheteuse. Elle coula un regard en direction de Mason, dont le visage impassible ne laissait rien deviner de ce qu'il pensait.

— Alors ? demanda-t-elle. Qu'en dis-tu ?

Mason promena le regard sur la large baie vitrée qui ouvrait sur le jardin puis il tourna lentement la tête vers elle pour répondre :

— J'espérais quelque chose de plus grand pour les enfants. Ils vont très vite avoir besoin d'espace pour jouer.

— Pas de problème, rétorqua George. C'est notre première visite. J'ai autre chose qui vous conviendra sans doute mieux, à vous et à votre épouse.

— Nous ne sommes pas mariés, corrigea aussitôt Annie.

— Au temps pour moi, s'excusa George sans pour le moins paraître embarrassé par sa méprise. J'aurais mieux fait de me taire.

— Ce n'est pas grave, commenta sobrement Mason.

Certes, ce n'était pas grave. C'était juste compliqué. Entre les jumeaux, Mason, sa jambe cassée qui l'obligeait à vivre chez le père de ses enfants, qui n'étaient pas ses enfants biologiques… Bref, une situation impossible à résumer en peu de mots.

— Je vous propose d'aller voir tout de suite notre deuxième bien, suggéra l'agent.

Quelques minutes plus tard, ils se trouvaient devant une maison située non loin de l'hôpital. Tout comme la précédente, elle possédait un jardin paysager et une véranda. Annie raffolait des vérandas. Elles évoquaient pour elle de longs bavardages en compagnie de voisins chaleureux, un verre d'apéritif à la main, confortablement installés dans de jolis fauteuils en rotin, tandis que de beaux enfants s'ébattaient dans le jardin. Le tableau était si précis, si vivace, qu'elle en éprouvait une frustration intense qui engendrait chez elle une profonde mélancolie.

George procéda de la même façon qu'un peu plus tôt : il déverrouilla la porte et s'effaça pour lui permettre de pénétrer la première dans la maison.

Les murs peints en beige associés aux portes et huisseries peintes, elles, en blanc, conféraient à l'ensemble des pièces du rez-de-chaussée une atmosphère douce et chaleureuse. Tout en jetant un coup d'œil au jardin par la baie vitrée coulissante, Mason eut un hochement de tête approbateur. La cuisine, suffisamment grande, était équipée d'un îlot de cuisson, de plans de travail en granit et de nombreux placards.

— Alors ? s'enquit Mason.

— Pas mal, répondit-elle, soucieuse de ne pas trop s'avancer. Je pense qu'elle a du potentiel.

Elle refit le tour, inspecta chaque recoin plus attentivement puis s'arrêta au pied de l'escalier qui menait aux chambres.

— Je ne peux pas monter mais allez-y. Je vous attends ici.

— Il n'en est pas question, trancha Mason. Je veux que tu me donnes ton avis sur l'ensemble de la maison.

Il lui intima l'ordre de poser ses béquilles contre le mur, puis la souleva du sol et la porta jusqu'au premier étage.

Elle avait bien protesté un peu, pour la forme, mais très vite, elle s'était coulée avec bonheur dans la chaleur de ses bras enveloppants.

— Pour un médecin, ce n'est pas très malin de porter quelqu'un comme ça, dit-elle d'un ton qu'elle voulait léger. Ton dos risque de le regretter.

— Qu'est-ce qu'un homme ne ferait pas pour frimer un peu, répliqua-t-il sur le même mode. Et puis, tu n'es pas si lourde…

La visite de l'étage se poursuivit donc ainsi : elle, lovée entre ses bras musculeux, le cœur battant à tout rompre dans sa poitrine.

Ils visitèrent quatre chambres, dont une suite parentale dotée d'un joli balcon qui surplombait le jardin et d'un immense dressing qui, curieusement, laissait à désirer et méritait quelques aménagements.

— Mais ce n'est pas un problème pour un homme, n'est-ce pas ? fit-elle remarquer tout haut.

À moins que l'homme en question emménage avec une femme dont il serait amoureux. Cette idée soudaine lui fut très désagréable. Bien plus, même, qu'elle n'aurait dû. Une autre femme dans la vie de Mason signifierait en outre que celle-ci ferait partie de la vie des jumeaux. Cependant, de quel droit interdirait-elle à Mason qu'une chose pareille se produise ? Ce n'était pas à elle d'en décider.

— En effet, c'est le genre de détail que je n'aurais pas vu si tu ne me l'avais pas fait remarquer. C'est la raison pour laquelle je voulais que tu viennes avec moi. Ceci dit, cette maison me plaît assez. Cela vaudrait le coup que nous dressions une liste de ses avantages et de ses inconvénients.

— Tout à fait.

Annie se surprit à souhaiter que la descente de l'escalier ne se fasse pas trop vite, car elle lui donnait l'opportunité de sentir contre elle le corps solide de Mason. Elle avait beau ne fournir aucun effort physique, elle se sentait légèrement haletante. Cela ne voulait pas dire grand-chose. Juste que cette fracture lui permettait de vérifier qu'à l'exception d'une jambe, tout le reste fonctionnait normalement.

Dès que Mason l'eut reposée à terre, elle éprouva comme un grand vide en elle. La chaleur de son corps lui manqua instantanément. Semblant ne rien deviner du trouble qui l'avait envahie, Mason récupéra ses béquilles et les lui tendit.

— Cet escalier m'inquiète, dit-il. Quand les enfants commenceront à crapahuter partout, ils ne verront que lui, évidemment.

— Il existe des barrières de sécurité que l'on place en haut et en bas des marches, expliqua George. Vous serez tranquilles jusqu'à ce qu'ils soient capables de les enjamber.

— En effet, dit Mason d'un ton peu convaincu.

Sur ces mots, ils prirent de nouveau place dans le SUV et visitèrent deux autres propriétés, qui se révélèrent fonctionnelles mais dénuées de charme.

— J'ai une dernière carte dans ma manche, annonça George. C'est une maison de plain-pied. Je viens juste de la rentrer et vous êtes les premiers à la visiter.

Dès qu'ils eurent franchi le portail, Annie sut d'instinct que celle-là serait la bonne. Un sourire béat aux lèvres, elle ne vit que la véranda, exactement telle qu'elle était dans ses rêveries.

Là encore, le jardin était paysager, ponctué à intervalles réguliers de buissons bien taillés et de plates-bandes fleuries. L'intérieur avait été pensé selon un plan traditionnel : cuisine américaine équipée de nombreux placards et rangements et qui ouvrait sur un large salon très lumineux.

George expliqua l'absence de mobilier par le fait que le propriétaire avait été muté. Dans l'urgence, toute la famille avait dû suivre très vite en emportant les meubles avec elle. Mais cet inconvénient allait se révéler positif : non seulement ils pourraient jouer là-dessus pour négocier le prix mais, en plus, l'urgence de la situation accélérerait sans doute le processus de vente.

Le reste de la maison se révéla tout aussi satisfaisant et conforme à leurs attentes. Quatre grandes chambres, trois salles de bains, de nombreux rangements. Non, décidément, il ne manquait rien. Mason s'extasia sur la petite dépendance cachée au fond du jardin qui, selon Annie, pourrait faire un très joli bureau.

Toutefois, ce ne serait pas sa maison. Ce ne serait pas son bureau. Et Mason ne serait pas son compagnon. Il était le père des jumeaux. Point final.

— Alors ? Qu'en dis-tu ? demanda Mason.

— J'adore, répondit-elle sans hésiter. Tout me plaît ici.

Il afficha un sourire heureux.

— Moi aussi, j'aime beaucoup. Je crois bien que je vais faire une offre.

Tandis qu'elle le laissait discuter du prix avec l'agent immobilier, elle refit le tour des pièces. Chaque seconde qu'elle passait dans cette maison lui faisait un peu plus ressentir la frustration de ne pas former avec les enfants une famille au sens traditionnel du terme. Que ne donnerait-elle pas pour que les jumeaux aient un père et une mère ! Enfin… Cela, ils l'avaient déjà. Mais elle aurait payé cher pour qu'elle et l'homme qu'elle aimerait vivent avec les jumeaux dans une maison comme celle-ci. Ils formeraient une famille heureuse et unie. Et puis, elle se marierait, bien sûr, dans la plus pure tradition.

Elle se détesta soudain d'avoir eu raison. Elle n'aurait jamais dû effectuer ces visites avec Mason. Maintenant, elle avait dans la tête des images d'un bonheur qu'elle ne vivrait jamais ; qui resterait du domaine du fantasme.

Si elle n'avait pas vu cette maison, elle n'aurait jamais su ce qu'elle allait rater.

Une fois par mois, la famille Blackburne se réunissait au grand complet autour d'un dîner. Ce soir-là, la présence de chacun était obligatoire, à moins d'être victime d'un accident grave, d'avoir des obligations professionnelles incontournables ou d'être engagé dans l'armée. Ce rituel était l'une des habitudes qui avaient le plus manqué à Mason pendant son séjour en Afghanistan. Aujourd'hui, la famille comptait deux membres de plus avec les jumeaux. Trois, en comptant Annie. Elle était la mère des enfants et, en tant que telle, faisait désormais partie de la famille.

Mason étala par terre une grande couverture au centre de laquelle il disposa des jouets, puis il y installa Charlie et Sarah sur le dos.

Assise dans l'immense canapé qui séparait la cuisine du salon, Annie le regardait faire. Depuis sa toute récente visite chez l'orthopédiste qui la suivait, elle portait un simple plâtre de marche, bien moins gênant et encombrant que le précédent. Après un mois, l'os s'était ressoudé, mais le médecin lui avait interdit de poser le pied par terre pendant encore deux semaines. Une précaution que Mason avait hautement approuvée.

— Ils ne vont pas rester bien longtemps sur cette couverture, fit-elle remarquer en lui souriant.

— Je sais.

En effet, les jumeaux avaient bien grandi au cours des deux derniers mois. À présent, ils basculaient sur eux-mêmes et parvenaient à se mettre à quatre pattes pour se balancer d'avant en arrière, signe visible qu'ils n'allaient pas tarder à ramper.

— Alors, comme tu dois le savoir aussi, insista-t-elle, ces jouets les intéressent bien moins qu'un câble électrique ou un objet fragile.

— Ce qui me rend très fier d'eux ! Au moins, cela prouve qu'ils sont curieux, qu'ils s'intéressent à ce qui les entoure. Explorer leur environnement est exactement ce qu'ils sont censés faire à cet âge.

Pile à ce moment de la discussion, son père sortit allumer le barbecue tandis que sa mère venait se placer derrière le canapé en s'essuyant les mains à son tablier de cuisine.

— Gabriel et Dominic n'ont pas l'habitude de voir des bébés traîner par terre, déclara-t-elle. Charlie et Sarah ne sont pas comme Lulu. Elle, elle s'écarte du passage dès qu'on le lui ordonne. Alors est-ce que cela ira ?

— Pour qui ? Pour mes frères, ou pour mes enfants ?

Florence éclata d'un rire joyeux.

— Pour les enfants, bien sûr. Je voulais juste vous mettre en garde. Veillez à ce que tout le monde fasse bien attention à ne pas se prendre les pieds dans le tapis des bébés.

— Ne vous inquiétez pas, Florence, dit Annie. J'y veillerai personnellement. Je ne suis pas encore capable de me déplacer très vite, mais je peux régler la circulation et, le cas échéant, faire régner l'ordre à coups de béquilles.

— Très drôle ! commenta Mason en répondant au sourire complice qu'elle lui adressa.

— Quel dommage que Kelsey ne puisse pas venir ! déplora Florence tout en se perchant sur un bras du canapé.

Toi qui es médecin, tu n'aurais pas pu intervenir pour qu'elle puisse se libérer, juste ce soir ?

— Non, et pour deux raisons, maman. Primo, je ne suis pas là depuis assez longtemps pour avoir une quelconque influence ; deuxio, je ne suis pas responsable du planning des infirmières.

Il attrapa Charlie, qui avait déjà roulé jusqu'à lui et commencé à l'escalader sans doute pour avoir un point de vue plus intéressant.

— Où comptes-tu aller comme ça, fiston ?

Quelques secondes plus tard, la sonnette de l'entrée retentit. Lulu trottina jusqu'à la porte en aboyant pour accueillir ces premiers visiteurs, tandis que Mason replaçait Charlie sur le dos sur la couverture.

— La soirée promet d'être animée, dit-il à Annie. Accroche-toi !

— Cela fait cinq mois que je m'accroche, rétorqua-t-elle en souriant. Je devrais pouvoir survivre.

Il remarqua que, ce soir-là, elle n'avait pas rassemblé ses cheveux en queue-de-cheval, comme elle le faisait habituellement, sans doute pour des raisons pratiques, et ils flottaient sur ses épaules. Le blond lumineux des mèches soyeuses qui lui encadraient le visage accentuait le vert de ses yeux. Ou peut-être était-ce le gloss rose dont elle avait maquillé ses lèvres. Annie était belle. Elle était femme à faire tourner les têtes. Gabriel et Dominic étaient célibataires. Sans qu'il en connaisse vraiment la raison, l'association de ces deux dernières pensées le contraria à l'extrême, allumant en lui le feu d'une jalousie qu'il ne comprit pas.

Les deux hommes entrèrent dans la pièce et, chacun leur tour, prirent leur frère dans leur bras en une étreinte fraternelle. Tous trois avaient le même regard d'un bleu profond et les mêmes cheveux noir de jais, deux caractéristiques physiques propres aux mâles de la famille Blackburne.

Gabriel et Dominic avaient entendu parler d'Annie et des jumeaux, mais c'était la première fois qu'ils allaient les rencontrer.

Florence sourit à ses fils.

— Bon, je vais terminer de préparer le dîner. Mason, je te laisse t'occuper des présentations.

— Très bien. Gabriel, Dominic, je vous présente Annie, la mère des jumeaux.

Ce fut Gabriel qui s'approcha le premier pour serrer la main à la jeune femme.

— Enchanté. Je suis Gabriel. Vraiment navré pour votre jambe !

— Enchantée, répondit-elle. Quant à ma jambe, tant pis pour moi. Je n'avais qu'à regarder où je mettais les pieds.

Dominic s'approcha à son tour en déclinant son prénom.

— Ravie de vous rencontrer, dit-elle, avant de fixer les enfants par-dessus l'épaule de Mason. Ces deux petits diables sont vos neveu et nièce, facilement reconnaissables à la couleur de leurs vêtements. Sarah est en rose et…

— Et Charlie en bleu, très affairé à passer en revue ma collection de DVD.

D'un geste leste, Mason rattrapa Charlie juste avant que la pile de DVD ne s'écroule sur lui.

— Tu commences à bouger de plus en plus vite, toi.

— Et Sarah est juste derrière, indiqua Annie en voyant la petite suivre les traces de son frère.

— Ils sont très mignons tous les deux, commenta Dominic. Comme leur maman.

— Toujours aussi fin, toi ! pointa Mason, un brin contrarié, tandis que Charlie explorait maintenant son nez puis ses oreilles.

— Ainsi donc, vous êtes graphiste, dit Gabriel à l'intention d'Annie.

— En effet.

— Comment le sais-tu ? demanda Mason. Je ne t'en ai pas parlé.

— La société pour laquelle Annie travaille a travaillé pour Make Me a Match. Du beau travail, je dois dire. Clair. Concis. Percutant.

— Merci.

Lulu revint en trottinant jusqu'à Annie, qui tapota la place vide à côté d'elle pour l'inviter à grimper sur le canapé. Ce que l'animal, toujours avide de caresses, fit sans se faire prier.

— J'ai une amie qui travaille pour vous, poursuivit-elle. Elle s'appelle Carla. Nous avons fait connaissance justement à l'occasion de cette campagne publicitaire.

— Oui, je vois de qui il s'agit. C'est l'assistante personnelle de ma tante. Quant à moi, je ne travaille là-bas que de manière temporaire.

— C'est ce que Carla m'a rapporté, en effet.

— Tante Lil n'est pas très portée sur les chiffres, précisa Gabriel. Alors, je lui donne un coup de main de temps en temps.

Florence vint se joindre à la discussion que, visiblement, elle avait suivie depuis la cuisine.

— Ma sœur est une romantique, intervint-elle. Elle l'a toujours été. Est-ce que je vous ai déjà dit que c'est grâce à elle que votre père et moi nous sommes rencontrés ?

Les trois frères se regardèrent, interloqués.

— Visiblement, aucun de nous n'était au courant, rétorqua Mason.

— Est-ce qu'elle vous a fait payer ses services ? ironisa Gabriel.

— Bien sûr que non, voyons !

Lulu jappa une fois, comme pour appuyer le ton offensé de sa maîtresse.

— C'est bien là le problème, poursuivit Gabriel, tout à sa logique. Tante Lil est amoureuse de l'amour. Elle est tellement sentimentale qu'elle accepterait de travailler pour rien. Autant dire qu'elle n'a aucun sens des affaires. Elle n'a pas encore intégré le fait que, pour que sa société soit viable, elle doit en tirer des bénéfices.

— Ma sœur est veuve, précisa Florence à l'intention d'Annie. Son mari et elle étaient encore profondément amoureux l'un de l'autre lorsque Phil est mort. Ils n'ont pas pu avoir d'enfants, mais Lillian disait toujours qu'ils étaient riches de s'être trouvés. C'est pourquoi elle veut que chacun puisse rencontrer le bonheur qu'elle a connu avec son mari.

— Ils ont eu de la chance, voilà tout, commenta Mason avec un brin de cynisme. Ça n'arrive pas à tout le monde.

— La voix de la sagesse ! le railla gentiment Annie.

— Exactement ! Je parle en connaissance de cause. J'ai été marié, et la magie n'a pas opéré très longtemps, malheureusement.

Annie encaissa la nouvelle sans broncher, même si elle n'en pensait pas moins, sans doute. Mason savait qu'elle était curieuse. Ne lui avait-elle pas demandé pourquoi il n'avait pas gardé la maison qu'il possédait au lieu de la vendre ? Il avait préféré ne pas répondre.

Lulu alla s'asseoir sur la couverture, tout près du petit Charlie, qui se fit une joie de lui tirer les poils à pleines mains en poussant des glapissements stridents. L'animal se montrait extraordinairement patient et affectueux, voire protecteur avec les bébés.

— De quelle manière procédez-vous pour trouver la personne qui correspondra le mieux à une autre ? demanda Dominic à son frère.

— Eh bien, les clients doivent dresser leur profil, photos à l'appui, et définir leurs préférences. Ensuite, un algorithme se charge de relever des mots-clés afin de réduire le nombre de personnes compatibles. Nous demandons alors aux personnes restantes de remplir un questionnaire encore plus détaillé.

— Quel genre de questions est posé ?

Gabriel réfléchit un court instant.

— Des questions du genre : Si vous deviez dîner avec quelqu'un, qui choisiriez-vous ? Ou encore : Quel personnage de film aimeriez-vous être ? Mais l'une des questions les plus révélatrices est celle-ci : Le tatouage : pour ou contre ?

— Si nous essayions ? suggéra Florence, qui semblait tout excitée à cette idée. Mason, Annie, qu'en pensez-vous ?

La proposition prit Annie au dépourvu. L'espace de quelques secondes, elle ne sut quoi répondre.

— Je ne peux pas répondre pour Mason, mais, en ce qui me concerne, je ne cherche pas à me caser, finit-elle par dire.

— Peu importe. Prenons-le comme un jeu ! Vous êtes tous les deux célibataires, ça pourrait être drôle. Gabriel, pose-leur une question.

— D'accord, accepta de bonne grâce Gabriel qui, du coup, prit ses aises sur le canapé. Commençons par la question du personnage célèbre. À vous, Annie. Qui aimeriez-vous être ?

— Waouh… Voyons un peu… J'adorerais être Wonder Woman, répondit-elle en exhalant un petit soupir.

— Vous l'êtes déjà, ma chérie, commenta gentiment Florence.

— Merci, Florence, répondit Annie avec un sourire. C'est gentil à vous de me dire ça !

— Je le pense vraiment. Élever des jumeaux tout en travaillant, ce n'est pas une mince affaire, tout de même !

— En fait, ce ne sont pas les superpouvoirs de Wonder Woman qui m'intéressent, mais son lasso magique. Avec un pareil accessoire, on peut tirer la vérité de n'importe qui. C'est très pratique, non ?

— Réponse pertinente ! jugea Dominic. Mason, je suppose que tu te verrais bien dans la peau de Superman.

— Pas du tout. Si je le pouvais, je serais plutôt Sherlock Holmes.

— Parce que ce fin limier fonctionne au feeling ? le taquina Gabriel.

— Non. Parce qu'il finit toujours par trouver la vérité grâce à de petits détails insignifiants. Un peu comme moi lorsque je reçois des patients en salle d'urgence et que je suis obligé de lire entre les lignes, tant ils me donnent peu de détails sur ce que je dois savoir. Cela fait partie de mon boulot de comprendre ce qui ne va pas chez eux, malgré le peu d'éléments dont je dispose.

— Bonne réponse à toi aussi ! déclara Gabriel. Cependant, je ne pense pas que vos profils se recouperaient.

— Alors, passons à la question suivante, décida Florence. J'aime bien la question du tatouage. Quel est votre avis là-dessus ?

— Je ne suis pas fan, répondit Mason le premier. Je n'en ai pas et je ne prévois pas de me faire tatouer un jour.

— Je vois. Le toubib n'aime pas les aiguilles, ironisa Dominic.

— Pourtant, tu as travaillé dans l'armée, souligna Annie. Tous les militaires ne sont-ils pas tatoués ?

— Il faut croire que non, répondit Mason. Ou alors, je suis l'exception qui confirme la règle.

— Et vous, Annie, qu'en pensez-vous ? demanda Florence.

Annie s'agita un peu sur son siège, visiblement embarrassée.

— Eh bien, je dois avouer que j'en ai un, révéla-t-elle. Et je l'adore.

Mason la dévisagea, surpris, avant de la déshabiller du regard. Annie ? Un tatouage ? Cela lui correspondait si peu ! Qu'avait-elle bien pu se faire tatouer ? Et où ?

— Dernière question, lança Gabriel : Avec qui aimeriez-vous dîner ?

— Sans la moindre hésitation, Eunice Golden, répondit Annie.

— Qui ? demandèrent-ils tous en chœur.

— Eunice Golden, répéta Annie. Une grande artiste peintre féministe qui, au début de sa carrière, s'était spécialisée dans le nu masculin.

Mason remarqua que ses frères et sa mère étaient aussi interloqués que lui de découvrir ces facettes d'Annie qui leur semblaient, à tous, totalement incongrues.

— Si je le pouvais, répondit-il à son tour, j'aimerais dîner avec le ministre de la Santé.

— Décidément, vous n'avez aucun point commun, commenta Gabriel après avoir gratifié son frère d'un regard compatissant.

— Même si le ministre en question est une femme nommée pour les deux prochaines années ? tenta Mason.

— Hypothèse bien trop tirée par les cheveux, décréta Gabriel. Si vous étiez clients de Make Me a Match, vous seriez jugés incompatibles.

— C'est une bonne chose que nous ne le soyons pas, alors, conclut Annie.

— Pff, renchérit Florence, ce ne sont pas deux ou trois questions qui peuvent décider de ce genre de choses.

Mason ne savait que penser. En fait, il éprouvait un mélange de sentiments contradictoires. À première vue,

Annie et lui semblaient incompatibles, mais il était d'accord avec sa mère. On ne pouvait pas se fier sérieusement à un quiz pour décider si une relation pouvait ou non marcher sur le long terme. Ce questionnaire ne pouvait pas être un gage de succès. Tout, dans son premier mariage, lui avait paru idyllique. Pourtant, très vite, leur union s'était révélé un désastre.

Mais quelle importance ? Il était comme Annie. Il ne cherchait pas à se caser.

En fait, la seule chose qui l'ennuyait dans cette histoire, c'était qu'il n'avait encore jamais raté aucun test.

7

Annie n'avait pas cessé de repenser à ce test tout au long de la soirée. Encore maintenant, alors que la maison était silencieuse, que Gabriel et Dominic étaient repartis, que Florence et son mari avaient regagné leur chambre et que Mason et elle couchaient les petits.

Selon le quiz auquel ils s'étaient prêtés, ils se révélaient incompatibles. Ce n'était pas ce que lui disait son corps, qui frémissait de désir chaque fois que leurs mains se touchaient. Et puis, elle brûlait de lui poser une dernière question.

— Pourquoi ne m'as-tu pas dit que tu avais été marié ? demanda-t-elle sans préambule.

En guise de réponse, Mason se pencha sur les jumeaux qui, bien qu'assoupis, ne dormaient pas encore puis, assuré qu'ils pouvaient les laisser, fit signe à Annie de le suivre dans sa chambre.

— Ce n'est pas un secret, finit-il par répondre. Si je n'en ai pas parlé, c'est tout simplement parce que l'occasion d'aborder le sujet ne s'est pas présentée.

Le fait que Mason ait aimé une femme au point de l'épouser suscita chez Annie une réaction qui la dérangea. Elle n'en était pas très fière mais elle y reconnut toutes les caractéristiques de la jalousie.

— Tu veux en parler ? lui proposa-t-elle.

Il émit un petit rire sardonique.

— Ce sont exactement ces mots que m'a dits ta sœur le soir où nous nous sommes rencontrés.

— Vraiment ?

— Mon divorce venait juste d'être prononcé et j'avais besoin d'écluser quelques verres. Ta sœur était là, au comptoir, mais lorsqu'elle m'a vu, elle est venue s'asseoir à côté de moi et a entamé la conversation.

— Elle avait dû remarquer que tu n'étais pas bien. Comme maintenant.

Elle se rapprocha de l'endroit où il se tenait immobile, au pied du lit. Leurs corps ne se touchaient pas, mais cette proximité suffisait à allumer en elle le feu d'un désir inouï.

— Tu lui as expliqué ce qu'il se passait ?

— Je lui ai juste dit que je venais de divorcer, sans entrer dans les détails. Elle m'a alors rétorqué qu'elle connaissait un moyen de me changer les idées.

Annie grimaça. Elle n'avait pas très envie d'entendre Mason formuler une suite qu'elle n'imaginait que trop bien.

— Jess n'était pas une mauvaise personne. Elle vivait simplement comme elle l'entendait.

— Je sais. Ce soir-là, nous avons trouvé dans les bras l'un de l'autre le réconfort dont nous avions besoin.

— Pourquoi avais-tu autant de mal à accepter ton divorce ?

— C'est la notion d'échec que je n'arrive pas à digérer. À tous les niveaux. Je suis tombé amoureux de Christy mais, malgré tout l'amour que je lui portais, je n'ai pas réussi à sauver notre mariage. Nous nous sommes rencontrés dans le bar où j'ai rencontré Jessica, ajouta-t-il après s'être interrompu brièvement.

— Le soir de ton divorce, tu es retourné sur les lieux du crime, si j'ose dire.

— Exactement. J'avais besoin de boucler la boucle,

en quelque sorte. Et de ruminer mon passé, je dois bien l'avouer. Le soir de notre rencontre, Christy et moi avons passé des heures à discuter. Même après la fermeture du bar, nous nous sommes assis sur un banc et nous avons poursuivi la conversation. Nous n'avions déjà plus envie de nous quitter.

Autant Annie ne voulait pas de détails sur la relation – même brève – que Mason et Jessica avaient entretenue, autant elle brûlait de tout savoir sur la femme qu'il avait aimée.

— De quoi avez-vous parlé ?

— De ce que nous attendions de la vie. Nous avions tous les deux très envie d'avoir des enfants. Je tiens de ma mère cet amour que j'ai pour eux. À vrai dire, à une époque, je souhaitais devenir pédiatre.

— Qu'est-ce qui t'a fait changer d'avis ?

— Le fait que j'ai préféré me consacrer aux urgences, aux questions de vie ou de mort.

— Que s'est-il passé ensuite ? Je veux dire avec Christy.

— Nous avons démarré une relation à distance. Ça marchait si bien que je n'ai pas hésité à la demander en mariage. Par la suite, nous avons acheté une maison à Huntington Hills. C'était là que nous souhaitions nous installer et élever les enfants que nous aurions. Nous avons eu un beau mariage et elle est tombée enceinte durant notre lune de miel. Tout était parfait.

— Magique, même, renchérit Annie comme pour elle-même.

Le regard de Mason se fit dur et l'azur de ses yeux vira au bleu métallique.

— Jusqu'à ce que ça ne le soit plus.

— Elle a perdu le bébé, n'est-ce pas ?

Il opina d'un hochement de tête.

— Nous avons très mal encaissé le coup l'un comme

l'autre, mais Christy a été salement sonnée. Elle ne supportait pas l'idée que son bébé ne vive plus dans son ventre. Que tout s'arrête d'un coup. Le médecin ne voyait aucune raison à ce que nous n'essayions pas de nouveau, mais j'avoue que j'étais refroidi. J'ai cédé pour Christy ; pour qu'elle soit heureuse.

Annie connaissait d'avance la suite mais elle attendit que Mason la formule lui-même.

— Cette fois, la fausse couche s'est produite au cours du troisième mois de grossesse.

— Oh ! Mason ! Je ne peux pas imaginer ce que vous avez dû traverser !

— Et je n'ai pas les mots pour expliquer à quel point nous étions dévastés. La première fois, nous croyions – espérions – que c'était un malheureux coup du sort, comme cela arrive fréquemment. Sans compter qu'il n'y avait aucune raison pour que la deuxième fois ne soit pas la bonne.

— Sauf que ça n'a pas été le cas.

— Cette seconde fausse couche n'était plus si banale. Elle signifiait qu'il y avait un problème mécanique, que quelque chose clochait quelque part. Mais cela ne décourageait pas Christy. Au contraire, sa volonté farouche d'être mère lui donnait tous les courages. Un courage que je n'avais pas moi-même. Et puis, la sagesse nous soufflait de laisser passer un peu de temps afin que le corps traumatisé de Christy se remette, reprenne des forces. Cette fois, je n'ai pas cédé à la pression qu'elle me faisait subir.

Il s'interrompit, soudain perdu dans des souvenirs que lui seul connaissait.

— Christy était en colère après moi, reprit-il finalement. Nous savions tous les deux que j'allais devoir partir, et elle voulait absolument un bébé avant cette échéance. Moi, je souhaitais attendre encore, mais j'ai essayé de recréer la magie des débuts. Nous nous retrouvions la nuit comme les amants que nous avions été ; je lui faisais envoyer des fleurs…

— Et ?

— Et elle m'avait caché qu'elle avait arrêté toute contraception. Elle est tombée enceinte une nouvelle fois.

Mason marqua une nouvelle pause au cours de laquelle ses yeux brûlèrent d'une colère contenue.

— Et une fois de plus, elle a perdu le bébé.

— Oh ! Mason. C'est si triste !

— À partir de là, elle n'a plus cru dans le couple que nous formions. Moi, je lui ai proposé de consulter ensemble un spécialiste, je voulais tellement que les choses marchent entre nous ! Il y a des centaines de manières de former une famille. À mes yeux, nous nous aimions assez fort pour vivre comme ma tante Lillian et son mari. Mais je me trompais. Non seulement j'ai perdu mes futurs enfants, mais j'ai aussi perdu ma femme. La femme que j'aimais. Je me suis mis à détester l'endroit où nous vivions, notre maison, trop pleine de souvenirs douloureux.

— C'est la raison pour laquelle tu l'as vendue avant de rejoindre l'armée, n'est-ce pas ?

— La plupart des gars que j'ai connus avaient laissé derrière eux une femme et des enfants, un foyer qu'ils rechignaient à quitter, même pour servir leur pays. C'était l'idée de retrouver leur maison et leur famille qui les faisait tenir. Moi, je n'avais qu'une hâte : quitter cette maison pour surtout ne plus y remettre les pieds.

— C'est bien normal, après ce que tu avais vécu. Tu avais besoin de tourner la page.

— Oui. Et de sauver des vies, ce que j'avais échoué à faire avec les bébés qu'avait portés Christy. J'ai usé de toutes mes capacités pour alléger les souffrances physiques des soldats que je soignais ; pour leur éviter de perdre un bras ou une jambe. Ils me remerciaient sans cesse de les guérir, mais c'était tout le contraire. C'étaient eux qui me guérissaient de mes blessures psychologiques. Et puis, un jour, j'ai reçu ton mail, ajouta-t-il en cherchant son regard.

— Celui qui t'annonçait que tu étais peut-être le père des jumeaux de Jessica.

— À vrai dire, je n'ai pas trop su comment réagir. J'avais tellement espéré avoir des enfants de la femme que j'aimais ! Je ne voulais pas revivre le même cauchemar. Je ne savais pas si j'avais affaire à un canular, à un miracle ou à un arnaqueur qui chercherait à tirer profit de la situation.

— J'avoue que, moi aussi, j'avais peur de tomber sur un escroc.

— J'aurais pu te faire parvenir un échantillon d'ADN, mais je préférais vous rencontrer d'abord, toi et les bébés. C'était vraiment stupide, j'en conviens. Je suis mieux placé que quiconque pour savoir que s'imaginer être capable de tout contrôler est illusoire. Si c'était le cas, Christy aurait pu mener ses grossesses à terme.

— Et vous seriez toujours mariés, ne put-elle s'empêcher d'ajouter.

— Je n'en suis pas certain. Avec le recul, je me demande si nous n'avions pas simplement envie de croire que nous étions amoureux parce que notre désir d'enfants à tous les deux était viscéral. Aujourd'hui, grâce à la science, tout le monde peut avoir des enfants. J'avais même évoqué l'adoption. Mais Christy ne supportait pas l'idée que tout n'était pas normal chez elle, voire parfait. Selon une logique qui lui était propre, c'était tout ou rien. En fait, je formais une sorte d'ensemble qui allait avec les enfants à venir. Sans enfants, je ne servais à rien. Pour moi, ce n'est pas vraiment de l'amour. C'est même tout le contraire.

Il eut soudain l'air si triste, si abattu qu'elle posa ses béquilles contre le lit et l'enveloppa de ses bras.

— Je suis désolée que tu aies déjà traversé autant d'épreuves, dit-elle.

Lorsqu'elle se pressa un peu plus peu étroitement contre lui, il resta immobile, sans réaction. Mortifiée, elle voulut s'écarter, mais il la retint.

— Non. S'il te plaît.

Elle eut le temps de voir passer dans son regard la bataille intérieure à laquelle il se livrait avec lui-même avant qu'il se penche soudain vers elle et cueille un baiser sur ses lèvres. Aussitôt, une douce chaleur se diffusa dans tout son corps. Elle eut l'impression qu'elle avait attendu ce moment depuis l'instant où elle lui avait ouvert sa porte et l'avait vu dans son uniforme militaire, les traits tirés par une fatigue intense.

Elle se plaqua un peu plus contre lui, suscitant en eux le feu d'un désir intense. Encouragé sans doute par l'audace dont elle faisait preuve, Mason fit glisser les mains de sa taille à ses fesses, où il les laissa un long moment avant de remonter jusqu'à ses seins aux pointes dures et dressées.

Elle flottait sur un nuage, bien loin des rivages de la réalité, lorsqu'une plainte leur parvint de la chambre des enfants.

— C'est Charlie, chuchota-t-elle en revenant soudain sur terre.

— Annie… Je suis désolé.

Elle secoua la tête. Elle ne voulait pas qu'il soit désolé. Elle voulait juste qu'il ait envie d'elle comme elle avait envie de lui.

— Annie ?

La plainte devint plus insistante. Annie s'écarta tout à fait de Mason et cala ses béquilles sous les aisselles.

— Il va finir par réveiller Sarah. Tu veux bien aller le chercher ?

Il opina et se hâta vers la chambre des petits tandis

qu'elle restait plantée au milieu de la pièce, toute à ses pensées sinistres. Mason ne croyait pas plus qu'elle à l'amour. Dans ces conditions, se lancer dans une relation même purement physique n'était pas la chose la plus sage à faire, sachant qu'ils seraient amenés à rester en bons termes une petite vingtaine d'années au moins…

Jusque-là, elle avait réussi à résister à la tentation. Elle pouvait bien tenir quelques jours de plus. Bientôt, on lui retirerait son plâtre et elle rentrerait chez elle, où elle reprendrait le cours de sa vie. Mason, de son côté, s'installerait dans sa nouvelle maison. Il n'y avait donc pas là matière à coucher avec cet homme, même si une simple porte le séparait d'elle.

Devait-elle s'en réjouir ou, au contraire, le déplorer, elle n'en savait rien. Elle se sentait perdue.

Cela faisait une semaine maintenant que Mason avait embrassé Annie et il ne savait toujours pas ce qu'elle en pensait. Il s'était excusé de s'être laissé aller à ce baiser, à ces caresses, à ce désir dont il brûlait pour elle, mais elle n'avait rien trouvé à répondre à cela.

Allongé sur son lit, il se sentait seul et rongé de frustration, après une mauvaise nuit passée à ruminer ce qui aurait pu être mais n'avait pas été.

Autant se lever. Il avait encore des tonnes de choses à acheter pour sa nouvelle maison.

Il se rendit dans la salle de bains et tendit l'oreille. Aucun son ne lui parvenait de la chambre d'Annie. Manifestement, les bébés et elle devaient encore dormir d'un profond sommeil. Il prit une douche rapide, se rasa puis, après avoir enfilé un jean et un T-shirt, se rendit dans la cuisine.

Il y trouva sa mère en compagnie d'Annie, qui sirotait un café fumant.

— Bonjour, lui lança cette dernière.

— Bonjour, mon chéri, le salua à son tour Florence, qui était occupée à préparer des gaufres. Tu as bien dormi ?

— Comme une souche, mentit-il. Charlie et Sarah n'ont pas bronché de la nuit.

— Si seulement ils pouvaient être aussi tranquilles toutes les nuits ! soupira Annie.

— Le jour où cela arrivera, c'est qu'ils seront adolescents et qu'ils auront passé la nuit dehors, rétorqua Florence en riant.

— Maman ! protesta Mason. Ça n'est arrivé qu'une fois. Et j'ai été privé de voiture pendant un mois. Tu comptes me le rappeler toute ma vie ?

— Non, pas du tout, rétorqua-t-elle en lui coulant un regard surpris. Mais dis-moi, tu t'es levé du pied gauche ? Tu es bien grincheux ce matin.

— Il faut dire que tu te donnes du mal. Me ressortir une histoire vieille de vingt ans !

— Je plaisantais, Mason.

— Ne t'inquiète pas, rétorqua-t-il en se servant du café. Bientôt, je serai chez moi et tu n'auras plus à subir ma mauvaise humeur.

— Ne m'en parle pas. J'en suis malade.

— Allons, maman. Ce n'est pas comme si je déménageais à l'autre bout du pays. Nos maisons ne sont pas si éloignées !

Florence fit glisser une gaufre sur une assiette qu'elle vint poser devant Annie.

— Ça n'empêche. Tu ne vivras plus avec nous.

Annie saupoudra sa gaufre de sucre glace et mordit dedans à belles dents.

— Ta maman et moi, nous en parlions justement quand tu es arrivé, dit-elle après avoir dégluti. Dans deux jours, je n'aurai plus mon plâtre et je retournerai chez moi avec les jumeaux.

— Vous allez tous me manquer terriblement, dit Florence dans un soupir déjà empli de nostalgie.

Mason s'attendait à ce que ce jour arrive, bien sûr. Mais la perspective de voir se dissoudre la famille qu'il formait avec Annie et les petits lui coupa la respiration. Il n'était pas prêt.

— Il faudra que tu fasses très attention, prévint-il. Tu ne devras pas faire porter trop de poids sur ta jambe. Tu devrais peut-être rester ici quelques jours de plus.

— Je vous ai déjà imposé ma présence assez longtemps. Et malgré le fait que je vous sois très reconnaissante pour tout ce que vous avez fait pour moi, rester serait abuser de votre hospitalité.

— Annie, vous pouvez rester aussi longtemps que vous le souhaitez. Nous adorons vous avoir ici, n'en doutez pas. Sans vous et les enfants – et bientôt sans Mason – la maison sera bien vide.

— Je comprends. Vous allez manquer aux jumeaux, vous aussi. Ils se sont attachés à vous.

L'échéance approchait aussi pour Mason, que l'idée d'emménager seul dans sa nouvelle maison n'enchantait guère, pour ne pas dire qu'elle le contrariait. Cette maison, il l'avait choisie avec Annie et il avait du mal à s'y projeter sans elle. C'était aussi cela qui justifiait sa mauvaise humeur. Il choisit de garder le silence.

— Florence, ce petit déjeuner était vraiment délicieux, la félicita Annie. Merci beaucoup.

— Si vous restiez, vous pourriez vous régaler encore quelques jours, fit remarquer Florence.

— J'avoue que c'est tentant…

— Au risque de vous paraître directive, puis-je vous

suggérer d'aller prendre votre douche pendant que les jumeaux dorment encore ?

— C'est exactement ce que je pensais faire, approuva Annie en se levant.

— Prenez votre temps. Je me charge de préparer les biberons. Je vous les apporterai quand les jumeaux seront réveillés.

— Merci.

Là-dessus, elle passa devant Mason en lui adressant un sourire qui lui fit battre le cœur plus fort.

— Tu devrais épouser cette fille, conseilla Florence lorsqu'elle se retrouva seule avec son fils.

Il fallut un moment pour que les mots que sa mère venait de prononcer pénètrent son esprit. Avait-il bien entendu ?

— Que dis-tu ?

— Que tu devrais épouser Annie, répéta Florence d'un ton patient.

— Je ne peux pas le croire ! Ce que tu dis est indigne d'une femme comme toi.

— Comment cela ?

— Tu ne peux pas toujours dire ce qui te passe par la tête, comme cela, sans réfléchir, maman !

— Justement, je n'ai pas parlé sans réfléchir. Cette pensée m'est venue en voyant ta tête quand Annie a annoncé qu'elle allait rentrer chez elle avec les petits. À ce moment-là, je n'ai rien dit pour ne pas t'embarrasser. J'ai attendu que nous soyons seuls.

— Ma tête ?

— Oui. On aurait dit que tu avais reçu un coup de poing dans l'estomac.

— Tu exagères.

— Non, Mason, insista Florence en prenant sa voix de maman, je te connais par cœur. Je sais bien que…

— Maman, s'il te plaît.

— Mais mon chéri, être amoureux, c'est un cadeau du ciel. Je ne t'ai jamais vu aussi heureux que depuis qu'Annie et les bébés sont venus s'installer chez nous ! Je suis tellement contente pour toi !

Il aurait aimé lui dire tout haut qu'elle se trompait. Malheureusement, elle avait raison. Mais de là à épouser Annie, il y avait un gouffre qu'il n'était pas près de franchir.

— Je vois bien que vous vous plaisez, poursuivit Florence. Je prends peut-être de l'âge, mais je ne suis pas aveugle. Et je sais reconnaître quand deux personnes sont attirées l'une par l'autre.

— Maman, je respecte Annie et j'ai beaucoup d'admiration pour elle, mais… D'ailleurs, je te rappelle que selon le questionnaire de Gabriel, elle et moi n'avons aucune affinité.

— Tu connais mon opinion là-dessus. Crois-moi, je sais ce que je vois.

— Que vois-tu exactement ?

— Je vois les petites flammes qui dansent dans tes yeux chaque fois que tu poses le regard sur elle. C'est bien plus que du respect ou de l'admiration.

Mason n'avait pas envie de poursuivre cette discussion. Même si sa mère avait raison. Même si le souvenir du baiser qu'Annie et lui avaient échangé le hantait.

— Je t'assure, maman, ton imagination te joue des tours.

— Il m'arrive de me tromper, j'en conviens. Mais en ce qui vous concerne, non. Je n'ai pas imaginé les regards que vous échangez, elle et toi. Tu soutiens que vous n'avez aucune affinité, mais on a vu des mariages tenir des lustres pour moins que ça. À commencer par ton père et moi.

— Que veux-tu dire ? Que vous n'étiez pas amoureux quand vous vous êtes mariés ?

— Nous vivions une relation physique passionnelle, mais surtout, j'étais très enceinte.

— Quoi ? Mais tu ne me l'as jamais dit ! Papa et toi, vous vous êtes mariés juste parce que tu m'attendais ? Par devoir ?

— Non. Nous n'étions pas obligés de nous marier. Nous l'avons fait parce que nous le voulions tous les deux ; parce que cela nous paraissait important. C'est plus tard que nous avons réalisé à quel point nous nous aimions vraiment. La vie n'était pas facile tous les jours, nous avions du mal à joindre les deux bouts, mais notre amour a grandi avec nous. Ton père était l'homme qu'il me fallait et mes hormones l'ont su avant mon cœur.

La réussite du mariage de ses parents était pour Mason la référence suprême. Aussi était-il très étonné d'apprendre que leur histoire d'amour avait démarré avec lui.

— Maman…

— Annie et toi avez deux enfants ensemble. Vous êtes de bons parents. Et, en dépit des conclusions de ce quiz stupide, je sais que vous êtes faits pour vivre ensemble. Je suis certaine que, tout comme cela s'est produit entre ton père et moi, vous deviendrez chaque jour plus forts et plus attachés l'un à l'autre.

— Peut-être, mais…

— Oublie ce questionnaire stupide et prends exemple sur ta tante Lil. Une fois sur deux, elle se fie à son instinct plutôt qu'à ce quiz pour savoir si deux personnes sont compatibles. Le nombre croissant de ses clients est bien la preuve qu'elle voit juste. Tu comprends, les couples se sont faits à l'instinct dans notre famille.

— En admettant que tu aies raison, Annie et moi…

— *J'ai* raison, mon chéri. Je sais… Tu vas me dire que tu as tout le temps de voir, et je te répondrai : pourquoi attendre ? Ensemble, vous pourriez offrir un foyer stable et aimant à ces petits chérubins. Et cela, sous le même toit.

— C'est complètement fou !

— Sans compter que ta requête en paternité est toujours à l'étude, poursuivit Florence que, visiblement, rien ne pouvait arrêter. Cela t'assurerait un lien légal avec la maman.

— Je te rappelle que le test ADN a parlé. Je n'ai pas besoin de me marier pour faire reconnaître mes droits.

— Sans doute. Cependant, réfléchis bien. Si tu n'épouses pas Annie, quelqu'un d'autre le fera à ta place. Pourquoi pas cet ex qui pourrait bien se faire pardonner. Qui sait ?

— Cela m'étonnerait bien, après la façon dont il a parlé des enfants.

— Alors, si ce n'est pas lui, ce sera un autre. Annie est belle, intelligente et pleine d'humour. Elle ne restera pas seule bien longtemps, tu peux me croire.

À cette idée, un nœud d'angoisse se forma au creux de son ventre en même temps que le sang pulsait à ses tempes. Mason présentait tous les symptômes de la jalousie.

Le savoir ne répondait pas à la question qu'il se posait : qu'allait-il décider ?

8

Assise sur la table d'examen, Annie regardait le Dr Jack Andrews découper son plâtre à l'aide d'une petite scie. Mason, qui l'avait conduite en voiture, se tenait à côté d'elle, raide comme la justice. Quelque chose le préoccupait, mais quoi ? Elle n'en avait aucune idée.

— Comment va votre jambe ? s'enquit le médecin.

— Elle l'air d'aller, sauf qu'elle est décharnée et que la peau est toute flapie.

Elle lança un coup d'œil inquiet à Mason. Elle n'avait pas envie qu'il voie ce qu'elle considérait comme une anomalie physique repoussante.

— Ne vous inquiétez pas, c'est normal. Le muscle est atrophié parce que votre jambe a été immobilisée pendant plusieurs semaines. Vous allez commencer par la tremper régulièrement dans de l'eau chaude additionnée de savon liquide doux. Je vais vous prescrire des séances de kinésithérapie que vous pourrez ensuite pratiquer à domicile. Dans un premier temps, continuez à utiliser vos béquilles pour vous déplacer, mais n'en faites pas trop. Vous verrez, si vous suivez bien mes consignes, tout rentrera dans l'ordre d'ici quelques jours. Votre fracture ne sera plus qu'un mauvais souvenir.

Comment cette fracture resterait-elle un mauvais souvenir quand elle lui avait permis d'être accueillie au sein de la famille Blackburne ? Sans parler de Mason, qui s'était révélé un père merveilleux. Comptait-il vraiment rester célibataire ? Il était si aimant avec ses bébés qu'il était difficile de croire qu'il ne rencontrerait pas un jour une femme qui saurait le convaincre d'en avoir d'autres avec elle.

— Vous avez été une patiente très docile, Annie. Je vous félicite.

— Et vous, vous avez été un médecin parfait. N'y voyez aucune offense, mais je souhaite ne jamais vous revoir. Dans ces conditions, j'entends.

— J'avais compris ! fit le médecin en riant. J'espère également ne plus avoir affaire à vous dans ce service.

Lorsqu'ils furent seuls, Mason lui tendit la basket qu'elle n'avait pas portée pendant six semaines.

— Je te remercie, Mason.

— De quoi ?

— Eh bien, d'abord, d'avoir pensé à me faire prendre cette chaussure que, sans toi, j'aurais oubliée.

— Heureux d'avoir pu t'aider.

— Je voudrais aussi te remercier d'avoir largement dépassé ton rôle de père et de t'occuper aussi bien des enfants.

— Moi aussi, j'aimerais te remercier. De m'avoir fait savoir que j'avais des enfants.

— Je n'ai fait que ce que je pensais juste.

— Bien. Prête à quitter cet hôpital ?

— Plus que je ne saurais le dire ! J'ai tellement hâte de pouvoir m'occuper des bébés toute seule, sans être tributaire de qui que ce soit.

— Je comprends, mais que dirais-tu d'aller manger un morceau avant d'aller retrouver ces chers petits anges ?

— Je ne sais pas. Tu crois que Florence pourrait s'en charger ?

— À vrai dire, c'est elle qui me l'a proposé.

— Dans ce cas, je suis volontiers partante.

Comme le lui avait conseillé le médecin, Annie se servit encore de ses béquilles pour marcher mais, libérée de son plâtre, elle se sentait légère comme une plume. C'était si bon de marcher sur deux pieds ! Elle ne ressentait aucune douleur, la tête ne lui tournait pas, tout juste accusait-elle une légère fatigue, mais que sa joie de déjeuner en compagnie de Mason éclipsait largement.

C'était une de ces journées douces d'automne comme il y en a fréquemment en Californie du Sud, aussi accueillit-elle avec enthousiasme la proposition de Mason d'acheter des sandwichs et d'aller les manger dans un parc tout proche.

Ils s'installèrent à une table de pique-nique protégée par un auvent partiellement recouvert d'une clématite en pleine floraison.

— C'est si joli, ici ! s'extasia-t-elle en prenant le sandwich et la serviette en papier que lui tendait Mason.

— C'est vrai, répondit-il en posant son sandwich sur la table sans même le retirer de son emballage.

— Il me tarde que Charlie et Sarah soient assez grands pour s'amuser sur des aires de jeux comme celle-ci.

— Hum, rétorqua-t-il distraitement.

Visiblement, il était ailleurs. Avait-elle dit quelque chose qui l'avait contrarié ? Avait-il changé d'avis au sujet des jumeaux ? Avoir vécu avec eux pendant de si longues semaines l'avait peut-être effrayé, car il savait désormais ce qu'impliquait le rôle de parent à temps complet. Elle avait besoin de savoir.

Elle reposa son sandwich intact.

— Mason, parle ! Vas-y, je t'écoute.

— Que veux-tu que je te dise ?

— Ce qui te rend aussi nerveux.

— Tu te trompes, rétorqua-t-il d'un ton peu convaincant. Je ne suis pas nerveux.

— Je vois bien que quelque chose te préoccupe. Depuis que nous avons quitté la maison, tu as à peine desserré les mâchoires. Alors je te repose la question : qu'est-ce qui te tracasse ? Tu as peur de te retrouver coincé avec deux bébés en bas âge, c'est ça ?

Elle se tut, le cœur au bord des lèvres. L'idée qu'elle pouvait avoir vu juste lui donnait la nausée.

Il la regarda fixement un long moment en silence, semblant ne pas comprendre ce qu'elle venait de dire, puis secoua la tête.

— Tu ne peux pas être plus éloignée de la vérité, finit-il par répondre.

— Alors quoi ? insista-t-elle. Je me suis trompée ? Tu n'es pas préoccupé ?

— Si, je le suis. Mais pas pour la raison que tu crois.

Fichues lunettes de soleil qui l'empêchaient de sonder l'âme de Mason ou, tout au moins, de tenter de lire en lui !

— Mason, s'il te plaît, ne me fais pas attendre plus longtemps. Ce que tu as sur le cœur est donc si difficile à dire ?

— Disons que ce n'est pas facile.

— Bon sang, Mason, tu vas…

— D'accord, d'accord.

Il exhala un profond soupir, comme pour se donner le courage qui lui manquait encore, puis se lança d'un trait :

— Je voulais te demander de m'épouser.

Elle en resta interdite. La surprise était telle qu'elle en perdit momentanément l'usage de la parole.

— Pourquoi ? demanda-t-elle lorsqu'elle fut enfin capable de parler de nouveau.

— La réponse pourrait être simple mais, dans notre

cas, elle est compliquée. À vrai dire, je ne sais pas par quoi commencer.

— Rassure-moi. Il ne s'agit pas d'amour ?

S'il te plaît, Mason, ne me parle pas d'amour. Nous avons assez souffert tous les deux pour savoir que ce serait perdu d'avance.

— Non. Mais nous nous aimons bien, tous les deux, n'est-ce pas ?

— C'est vrai.

— J'ai beaucoup de respect pour toi et j'ose espérer que c'est réciproque.

— C'est le cas, en effet. Mais nous pourrions reprendre là où nous en étions avant que je me casse la jambe. Chacun chez soi, et tu passes voir les enfants autant que tu le souhaites.

— Cela ne me suffit plus, Annie. Je vais bientôt emménager dans la maison que j'ai achetée et cela m'a semblé tout à coup naturel que tu t'y installes avec moi.

— Pourquoi ?

— Je ne veux plus ne faire que rendre visite à mes enfants. Je veux vivre avec eux et leur mère, tous réunis sous le même toit. D'ailleurs, tu m'as dit toi-même que ton appartement était trop petit et qu'il te faudrait chercher quelque chose de plus grand. Il se trouve que j'ai une maison que, si je ne me trompe pas, tu aimes beaucoup.

— C'est vrai. Tu as raison sur de nombreux points, Mason. Mais de là à nous marier… Nous pourrions simplement vivre tous ensemble chez toi sans passer par la case mariage.

Il retira enfin ses lunettes de soleil. Ses yeux étaient plus bleus que jamais.

— Je veux une famille traditionnelle. Pour moi et pour eux. Avec toi.

« Une famille traditionnelle ».

Ces trois petits mots touchaient une corde sensible chez elle. Ils éveillaient une petite musique dont elle avait rêvé toute sa vie, sans le savoir. Elle n'avait jamais connu ce que Mason lui offrait de vivre. Lui, au contraire, avait été nourri à l'amour familial. Il saurait comment se comporter. Et s'il avait dû l'abandonner en la laissant seule avec les jumeaux sur les bras, il l'aurait fait depuis longtemps. Il n'irait pas jusqu'à lui proposer le mariage.

— Annie ?

— Je réfléchis. Que dirais-tu de sortir un peu ensemble d'abord ? Juste pour voir.

— Tu ne veux pas te marier ?

— Ce n'est pas ce que j'ai dit.

— Très bien. Comme tu voudras. Mais il me semble que nous n'avons pas besoin de rendez-vous galants pour faire connaissance. En vivant ensemble pendant ces six semaines nous avons largement dépassé ce stade.

Le mariage de Mason n'avait pas tenu parce que sa femme ne pouvait pas avoir d'enfants. Le problème ne se posait plus puisque Mason et elle étaient déjà parents. Par ailleurs, elle aimait beaucoup Mason. Ce n'était pas de l'amour mais, finalement, c'était beaucoup mieux. Plus sécurisant. Dans leur cas au moins, il n'y aurait pas de cœurs brisés. Mason était un homme fiable, attentionné, prévenant. Elle aimait passer du temps en sa compagnie. Que demander de plus ? C'était déjà beaucoup.

Et puis, elle ne pouvait oublier le baiser qu'ils avaient échangé, indicateur s'il en fallait du désir qu'il suscitait en elle.

— Allons, Annie, dit-il en lui caressant doucement la main. C'est le mieux que nous ayons à faire.

Elle attendit les signes qui la dissuaderaient d'accepter : la gorge étranglée d'angoisse… Une boule au ventre… Un flot ininterrompu d'interrogations… Mais rien de tout cela ne se produisit. Elle avait juste le sentiment que cet arrangement pourrait très bien marcher.

— D'accord, Mason. J'accepte ta proposition. Je veux bien devenir ta femme.

Ils avaient pris possession de la maison moins d'une semaine plus tôt et Annie se sentait assez sereine. Deux semaines après s'être fiancés, Mason et elle s'unirent devant un représentant légal de l'État de Californie que Florence avait dégoté sur Internet. C'était un jeune homme d'une vingtaine d'années qui donnait l'impression d'être un étudiant officiant pour arrondir ses fins de mois.

Annie avait choisi Carla comme demoiselle d'honneur, et Mason avait pris pour témoin son père. Florence et Kelsey s'occupèrent des jumeaux, qui restèrent sages comme des images. Pour l'occasion, Charlie portait un petit costume noir assorti d'un nœud papillon rouge sur lequel il tirait sans cesse et Sarah une robe en tulle rose ornée d'un gros nœud en satin fuchsia.

Si le choix d'Annie de porter une longue robe rouge avait pu choquer, personne n'en dit rien. De même pour le choix du lieu de la cérémonie, qui devait se dérouler au Patrick's Place et qui avait déjà vu Mason s'unir à Christy. Au lieu de s'en offusquer, Annie avait pris le parti d'en rire.

Les tables et les chaises avaient été disposées de manière à former une allée, au bout de laquelle le couple venait de prendre place, entouré de la famille Blackburne au grand complet.

Le moment venu de prononcer ses vœux, Annie s'éclaircit la gorge avant de se lancer, une note d'émotion dans la voix :

— Moi, Annie Campbell, je te prends, Mason Blackburne, comme mon époux et le père de Sarah et Charlie. Tu es un homme bon et droit qui saura veiller sur nous. Devant l'assemblée ici présente, je promets de t'honorer, de te respecter et de te chérir toute ma vie.

Son regard resta rivé à celui de Mason. Dans son costume gris anthracite à la coupe impeccable, il était beau à couper le souffle. Sa cravate était du même bleu intense que ses yeux. Quant au sourire qu'il arborait, il faisait s'accélérer les battements de son cœur.

— Moi, Mason Blackburne, dit-il à son tour, je te prends, Annie Campbell, pour épouse et promets de t'honorer, de te respecter, de te chérir et de veiller toute ma vie sur toi et sur nos enfants.

Une fois qu'ils se furent passé à l'annulaire l'alliance en or blanc qu'ils avaient choisie ensemble, le jeune homme reprit la parole :

— Annie Campbell, Mason Blackburne, je vous déclare mari et femme.

— C'est le moment où les mariés s'échangent un baiser, normalement, lança Gabriel.

Annie sourit à Mason qui se pencha légèrement sur elle pour cueillir sur ses lèvres un baiser qu'elle jugea porteur de promesses infinies.

— Madame Blackburne…, dit Mason dans un sourire. Comment vous sentez-vous ?

Bonne question, à laquelle il lui était facile de répondre. Mason était un homme merveilleux, un très bon père et, si elle se fiait aux frissons de désir que chacun des baisers qu'il lui donnait provoquait en elle, il devait être un amant tout à fait honorable.

— Je me sens merveilleusement bien, répondit-elle sans mentir.

— Moi aussi.

— Félicitations, leur dit Carla, venue les prendre dans ses bras. Vous formez un très beau couple.

— Je suis tout à fait d'accord avec vous, Carla, renchérit Florence, venue à son tour étreindre les jeunes mariés. Bienvenue dans la famille, ma chère Annie !

Tous les autres invités défilèrent pour les féliciter, à l'exception de Gabriel, qui avait préféré aller prendre un verre au bar.

— Nous sommes une vraie famille, désormais, déclara Mason. Et dès que le tribunal aura reconnu légalement ma paternité, ce sera officiel.

— Cela ne devrait plus tarder maintenant. En attendant, que dirais-tu d'aller manger ? Je meurs de faim.

— Allons-y. Maman…

— J'arrive, mon chéri.

Dans la salle de restaurant adjacente au bar, les tables avaient été dressées en U, de manière à former un banquet au bout duquel avaient été disposées deux chaises hautes destinées aux jumeaux. Ils seraient encadrés d'un côté par leurs grands-parents et de l'autre, par leurs parents.

Lorsque tout le monde fut installé, Florence, qui était restée debout, prit la parole :

— Si Annie et Mason n'y voient pas d'objection, je souhaiterais porter un toast à leur intention.

— Je t'en prie, maman, vas-y.

— Je tenais à dire que je suis très heureuse d'accueillir Annie dans notre famille. Mason, mon fils, tu as beaucoup de chance. Longue vie à vous deux, conclut-elle en levant sa coupe de champagne dans leur direction.

John attendit que sa femme se fût assise pour prendre la parole à son tour.

— Être entouré de mes enfants et petits-enfants pour célébrer ce grand jour est une bénédiction. Annie, avec vous, je suis très heureux d'avoir une autre fille. Mason, ta mère a raison : tu as beaucoup de chance. Je vous félicite tous les deux.

Pour la deuxième fois de la journée, Annie se sentit submergée d'émotion. Elle parvint néanmoins à refouler les larmes qui lui brouillaient la vue pour sourire à son beau-père. Tout le monde trinqua alors, tandis qu'un ballet de serveurs arrivait avec les entrées. De nombreux invités se portèrent volontaires pour s'occuper des bébés, laissant les mariés profiter pleinement du repas. L'ambiance était joyeuse et festive.

— Moi aussi, je voudrais porter un toast, annonça Mason un peu plus tard.

— Vraiment ?

— Ne te réjouis pas trop vite. Je ne suis pas doué pour les discours.

Elle lui adressa un sourire indulgent qui se voulait encourageant.

— Je suis certaine que, quoi que tu dises, ce sera bien.

— Alors, je porte un toast à nous et à notre famille, déclara-t-il en levant sa coupe devant elle.

— À nous, répéta-t-elle en le regardant droit dans les yeux. À ce joli mariage.

— Et aussi à cette magnifique robe que tu portes.

Elle vit passer dans son regard bien plus qu'un intérêt purement physique.

— Puis-je te poser la question que personne n'a osé te poser ?

— Je t'écoute.

— Pourquoi l'avoir choisie rouge ?

— Par superstition. Parce que le rouge est symbole de joie, de bonheur, de prospérité et de longue vie.

— Que des bonnes raisons, alors ! Même si ce n'est pas une couleur très traditionnelle.

Elle n'aurait su dire s'il était contrarié ou non par le choix qu'elle avait fait de ne pas sacrifier à la tradition de la robe blanche.

— J'ai pensé que, comme ce mariage relevait d'un arrangement, ce serait mieux de…

— Tu penses que cela me dérange que tu ne te sois pas mariée en blanc ?

— À vrai dire, je ne sais pas ce que tu penses.

— Eh bien, je vais te le dire : je trouve que c'est une bonne chose que cette cérémonie soit différente de celle que j'ai déjà vécue précédemment. Mais toi, c'est la première fois que tu te maries. Tu aurais peut-être préféré une grande et belle cérémonie.

— Si cela avait été le cas, je te l'aurais dit, Mason. Tu me connais suffisamment maintenant pour savoir que je ne suis pas du genre à me taire si quelque chose me dérange.

— Oui. Je l'ai compris à la seconde où tu m'as ouvert ta porte, la première fois que nous nous sommes vus.

Le souvenir de l'accueil glacial qu'elle lui avait réservé amena un sourire amusé sur ses lèvres.

— Il est vrai que je n'ai pas été très chaleureuse mais, pour ma défense, j'étais épuisée. Je n'avais pas dormi une nuit complète depuis des lustres.

— Tu n'as pas à te justifier. Et puis, l'indépendance est un trait de caractère que j'apprécie chez toi. Pour en revenir à cette célébration, il aurait fallu que nous repoussions la date pour un mariage en grande pompe.

— Justement, dit Gabriel, qui venait de les rejoindre, un verre de whisky à la main. Pourquoi ne l'avez-vous pas fait ?

— Fait quoi ?

— Repousser la date. Attendre un peu pour vous marier.

Annie scruta le visage de Gabriel. Elle n'y vit pas d'animosité, mais de l'inquiétude, plutôt.

— Ne vous méprenez pas, s'empressa-t-il d'ajouter devant le malaise qu'il avait suscité. Je vous souhaite le meilleur, mais pourquoi avoir précipité les choses comme ça ?

— Parce que c'était le bon moment, répondit Mason de bonne grâce. J'ai acheté une maison et Annie souhaitait déménager pour un logement plus grand. Et puis, j'avoue qu'après avoir vécu plusieurs semaines avec mes enfants, je n'avais pas envie de me séparer d'eux.

— Vous avez passé une sorte de pacte, alors. J'ai l'habitude de redresser des boîtes au bord de la faillite, mais… Enfin, nous verrons bien.

— Annie et moi, nous pensons que c'est le mieux pour les enfants. Nous voulons qu'ils grandissent au sein d'une famille traditionnelle, comme toi et moi l'avons vécu.

Gabriel ne parut pas convaincu. Au contraire, même, son visage se rembrunit encore.

— Pour que vos rêves de famille harmonieuse fonctionnent, il faut que les bases soient solides.

— Elles le sont, affirma Annie. Mason et moi sommes d'accord sur la manière d'élever des enfants dans un environnement stable et aimant.

— Parce que vous vous aimez, tous les deux ?

Son regard se posa d'abord sur Annie puis sur Mason.

— Je crois pourtant vous avoir entendus dire que vous ne vouliez plus aller sur ce terrain-là, ni l'un ni l'autre.

Seuls les yeux étrécis de Mason trahissaient la colère sourde qu'il s'appliquait à contenir.

— Annie est la femme la plus courageuse qu'il m'ait jamais été donné de rencontrer, commença-t-il d'une voix blanche. Quant à toi, tu n'es pas la personne la mieux qualifiée pour travailler dans un domaine qui, visiblement, te dépasse largement. L'amour ne supporte pas le cynisme ni la morale, mon vieux. Je ne vois pas comment tu peux aider des gens à trouver le bon partenaire.

— Tu as raison. C'est pourquoi mon but est de redresser la barre de Make Me a Match le plus vite possible, pour pouvoir en repartir très vite. Je ne te dirai rien que tu ne saches déjà, mais cet « arrangement » changera tout, ajouta-t-il après avoir vidé son verre d'un trait.

— En effet. En mieux, commenta Mason.

Annie n'eut pas le temps de réfléchir au sens des mots que venait de prononcer Mason. Les pleurs de Sarah, auxquels ceux de Charlie n'allaient pas tarder à se joindre, venaient de la ramener à une réalité plus prosaïque.

— Je crois que cette petite parenthèse de tranquillité vient de prendre fin, déplora-t-elle.

— En effet.

— Je vous souhaite quand même le meilleur, dit Gabriel. Vous avez une belle famille. Je t'envie, Mason.

Mason sourit à son frère et lui tendit la main en gage de paix. Gabriel la prit et attira son frère à lui, dans une embrassade virile et chaleureuse.

— À dimanche, chez maman, dit-il avant de relâcher son étreinte.

Tous trois s'embrassèrent, puis Annie et Mason allèrent récupérer les jumeaux qui, après être passés de bras en bras, étaient sous la bonne garde de leurs grands-parents.

— Il est temps que nous allions coucher ces bébés, annonça Annie.

— Pourquoi ne restez-vous pas pour vous amuser un peu ? proposa Florence. Je pourrais les garder cette nuit.

C'est à ce moment précis qu'Annie réalisa ce que changeait le fait d'être mariée. Lorsqu'on épousait un homme, il devenait votre mari et vous deveniez sa femme. Vous deveniez un couple.

Et les couples faisaient l'amour le soir de leur nuit de noces.

9

Lorsque Mason entendit sa mère proposer à Annie de garder les petits, il lui aurait sauté au cou tant il était heureux. Passer sa nuit de noces seul avec sa femme était son rêve absolu. S'imaginer lui retirer cette robe rouge sexy en diable éveillait déjà en lui les frémissements d'un désir qu'il avait de plus en plus de mal à contenir. Annie et lui n'avaient jamais abordé ce sujet, mais s'ils n'avaient pas été interrompus par Charlie le soir où ils s'étaient embrassés, il y avait fort à parier qu'ils auraient fini dans le même lit.

Mais, finalement, il était satisfait. Ne pas avoir brûlé les étapes allait leur permettre de vivre les choses dans l'ordre, selon une tradition que, là encore, Annie n'avait pas expérimentée.

— Qu'en penses-tu ? demanda-t-il d'une voix qu'il s'appliqua à garder neutre.

Elle lui offrit un visage aux traits tirés assorti d'un sourire pâle.

— C'est très gentil de la part de tes parents, mais nous nous sommes mariés pour former une famille. Alors, nous séparer des jumeaux le premier jour…

Mason comprenait son point de vue. Lui-même était partagé entre l'envie brûlante de passer cette nuit seul avec elle et la culpabilité de ne pas vouloir la partager, même avec ses enfants. Ce fut la culpabilité qui l'emporta.

— Nous apprécions beaucoup ton offre, maman, finit-il par dire, mais je suis d'accord avec Annie.

C'est mieux.

Surtout ne pas lui faire subir de pression. Prendre son temps. Privilégier les enfants. Et, pour l'heure, cela signifiait les baigner, les nourrir puis les coucher. À ce moment-là, la nuit serait bien avancée et eux-mêmes seraient bien trop fatigués pour penser à…

Mason s'appliqua à cacher sa déception du mieux qu'il put, sans grand succès, pensait-il.

— Merci pour tout, dit Annie lorsque, chacun chargé d'un bébé, ils furent sur le point de partir.

— De rien, ma chérie, répondit Florence. Je suis certaine que vous allez être très heureux ensemble.

— Je l'espère, rétorqua Annie, qui, visiblement gênée, chercha le regard de Mason.

— Allons, les enfants, allez-y ! Nos petits chérubins tombent de sommeil.

— Au revoir, dirent-ils en chœur avant de se diriger vers la sortie.

Après un court trajet, Mason gara son SUV le plus près possible de l'entrée de la maison.

— Heureusement qu'ils ne se sont pas endormis, dit Annie tandis qu'elle sortait Charlie de son siège-auto.

— Pourquoi ?

Parce qu'elle redoutait de se retrouver en tête à tête avec lui ? Essayait-elle de lui faire passer un message ?

— Parce que je serais tentée de les coucher tels qu'ils sont, tout habillés. Alors que là, nous sommes obligés de les laver, de les mettre en pyjama et de leur donner leur biberon. Une routine à laquelle il vaut mieux les habituer dès maintenant, dans leur nouvelle maison.

— Tu as raison.

Une fois à l'intérieur, ils installèrent les bébés face

à face sur le tapis du salon. Comme ils venaient juste d'emménager, le mobilier était peu nombreux, au contraire des cartons empilés contre les murs.

Annie regarda autour d'elle, découragée par la masse de travail qui les attendait.

— Ce sont mes affaires ou les tiennes ? demanda-t-elle.

— Les deux. Mais on doit encore me livrer un chargement stocké dans un garde-meubles en ville.

— J'ai l'impression que tout cela va nous prendre un temps fou, dit-elle dans un soupir.

Là encore, Mason se demanda s'il devait y lire un message. Avec le discours plus que désabusé que leur avait tenu Gabriel, il y avait de quoi se montrer pessimiste. Seul le temps le dirait.

— Je vais commencer par aller retirer cette robe, annonça-t-elle, comme pour appuyer les pensées de Mason.

S'il se faisait encore des illusions, Annie venait de le ramener brutalement sur terre. Ce n'est pas lui qui ferait glisser le satin soyeux de sa robe le long du corps de rêve d'Annie et il y avait de fortes chances pour que la jeune femme revienne dans une tenue confortable – probablement un pantalon de jogging et un sweat-shirt, bien éloignés de la lingerie sexy sur laquelle il fantasmait.

— D'accord. Je m'occupe d'eux pendant ce temps.

Aussitôt qu'elle se fut esquivée, il alla prendre dans ses bras Charlie qui recommençait à s'agiter, imité de près par Sarah qui semblait tout vouloir faire comme son frère. Il posa le petit garçon sur le tapis et consola Sarah à son tour.

— Honnêtement, je ne sais pas comment faisait votre maman toute seule, dit-il en s'adressant aux deux bébés.

— Ce n'était pas facile, répondit Annie qui revenait déjà.

— Pourtant, quand je te regardais faire, cela paraissait simple. Tu n'avais pas l'air débordée.

— C'est sans doute que tu ne regardais pas bien,

rétorqua-t-elle avec humour. En tout cas, merci. Je le prends comme un compliment. Tu devrais aller te changer, toi aussi, ajouta-t-elle en lui prenant Sarah des bras. À moins que tu ne veuilles ruiner ton beau costume tout neuf.

— J'y vais.

Il alla enfiler un jean et un T-shirt, puis revint un court instant plus tard. Charlie dans les bras, il suivit Annie dans la salle de bains qui communiquait avec la chambre des jumeaux. Leur petite baignoire était déjà installée sur le comptoir, près du lavabo. Annie n'eut plus qu'à la remplir d'eau chaude avant de tendre Sarah à Mason. Un enfant sur chaque bras, il la regarda disposer deux petits pyjamas, deux couches et deux serviettes-éponges sur la table à langer, puis venir lui reprendre Sarah, qu'elle déshabilla et plongea délicatement dans l'eau.

— Ils adorent l'heure du bain, mais là, il est trop tard. Nous verrons les jeux demain.

D'une main experte, elle lava et rinça Sarah avant de l'envelopper dans l'une des serviettes puis de la sécher. Elle procéda de même avec Charlie pendant que Mason mettait la petite en pyjama.

— Le travail à la chaîne semble bien fonctionner, dit-il en voyant Annie le rejoindre avec leur fils.

— C'est sûr que travailler à quatre mains facilite les choses.

— Nous formons une bonne équipe. Qu'en penses-tu ?

— C'est vrai. Mais nous n'avons pas fini. Le biberon, maintenant. Et après seulement, dodo.

— Même chambre ou chambre à part ?

— Je ne sais pas. Qu'en pense le Dr Blackburne ?

— Je ne suis pas pédiatre mais… Tôt ou tard, il faudra bien les séparer. Et puisqu'ils viennent d'intégrer un nouvel environnement, pourquoi ne pas essayer tout de suite ? Au pire, ils n'arriveront pas à s'endormir et nous aviserons à ce moment-là.

— Tu as raison. Tentons le coup. Si ça marche, nous pouvons espérer qu'ils aient chacun leur rythme. Peut-être même – croisons les doigts – pourrons-nous ne nous occuper que d'un bébé à la fois.

Ils firent donc comme ils venaient de le décider. Après leur biberon, chaque enfant fut couché dans sa propre chambre. Annie et Mason se retrouvèrent presque en même temps dans le couloir. Ils tendirent l'oreille, s'attendant à des hurlements, mais cinq minutes passèrent et le calme régnait toujours.

— Les choses ont l'air de bien se présenter, dit-elle une fois qu'ils furent dans le salon.

— J'aime ton optimisme.

— Je n'aime pas ton pessimisme. Qu'allons-nous faire, maintenant ?

Réalisant sans doute l'ambiguïté de sa question, elle rougit violemment.

Tout allait pour le mieux. La journée avait été belle ; les enfants semblaient partis pour dormir comme des anges toute la nuit… et il mourait d'envie d'embrasser Annie. Pourtant, un malaise presque palpable régnait entre eux.

Si cela ne tenait qu'à lui, il aurait cédé à la tentation. Mais il redoutait de faire le mauvais geste, celui qui braquerait Annie. La journée et la soirée avaient été longues. Il voyait bien qu'elle était épuisée, qu'elle avait besoin de se reposer. Sans doute n'avait-elle pas en tête les mêmes idées que lui.

— Je suppose que tu dois être très fatiguée, dit-il après s'être éclairci la voix.

Un silence de plomb lui répondit. Il crut voir de la déception se peindre sur les traits féminins. Mais sans doute se trompait-il.

— C'est vrai, finit-elle par répondre. La journée a été longue.

— Je comprends.

— Bien… Je te laisse. Je vais me coucher.

— Bonne nuit.

— Bonne nuit.

Lorsqu'il se retrouva seul, il alla se servir un whisky, qu'il but accoudé au comptoir de la cuisine qui donnait sur le salon encore vide de meubles. Lui qui avait cru que se marier résoudrait ses problèmes et comblerait ses attentes ! Il devait bien admettre qu'il s'était trompé. Pire encore, il pressentait que ce serait le début de complications qu'il s'était jusque-là appliqué à fuir en choisissant de rester célibataire.

Annie n'avait-elle pas parlé de routine, tout à l'heure, au sujet des jumeaux ? Entendait-elle par là que cette routine s'appliquerait aussi à eux ?

Annie n'avait pas fermé pas l'œil cette nuit-là. Elle dormit également d'un mauvais sommeil durant toutes les nuits qui suivirent le mariage. Cela faisait une semaine maintenant et rien n'avait changé. Mason et elle dormaient certes dans le même lit, mais, entre ses gardes à l'hôpital et les bébés lorsqu'il était à la maison, aucun rapprochement physique n'était possible. À croire que cela l'arrangeait et qu'il s'en servait comme prétexte pour ne pas la toucher. Ce rejet la blessait, mais moins que le manque de discernement dont elle avait fait preuve. Elle qui s'était imaginé qu'il brûlait du même désir intense qu'elle !

Elle s'était imaginé que ce mariage instaurerait entre elle et lui une intimité qui n'existait pas lorsqu'ils vivaient chez ses parents. Bêtement, elle avait cru que le baiser qu'ils avaient échangé était porteur de promesses infinies.

Quelle idiote elle avait été ! Mason ne ferait pas le moindre geste vers elle et, de son côté, elle n'oserait jamais tenter un rapprochement. Elle avait sa fierté, tout de même ! De quoi aurait-elle l'air si Mason refusait ses avances ? Ou, pire, s'il les acceptait par pitié ?

Elle rejeta les couvertures et se rendit dans la salle de bains attenante à la chambre. Il flottait dans la pièce un parfum d'humidité et d'eau de Cologne qu'elle huma avec un bonheur mêlé de frustration.

Après avoir pris sa douche et s'être habillée, elle alla jeter un coup d'œil sur les bébés, qui dormaient encore d'un sommeil paisible. Ces chers petits anges ! Ils étaient aimés, vivaient en sécurité, que demander de plus ? C'était bien tout ce qui importait, non ?

Elle gagna la cuisine, où elle eut la surprise de trouver Mason qui, dos à l'entrée, sirotait une tasse de café fumant. Elle se figea sur place, muette, incapable de prononcer le moindre mot.

— Excuse-moi si je t'ai réveillée, dit-il en se retournant lentement vers elle.

Je t'en prie, Mason, ne sois pas aussi gentil avec moi ! S'il te plaît.

S'il faisait preuve de trop d'attentions, elle risquait bien de laisser retomber les barrières défensives derrière lesquelles elle se retranchait par sécurité ; pour protéger sa dignité mise à mal par l'indifférence physique qu'il lui témoignait.

Elle s'approcha de lui, cherchant à agir comme si de rien n'était. Mais ses jambes pesaient des tonnes et le sourire qu'elle lui adressa s'assimilait plus à une moue grimaçante.

— Tu ne m'as pas réveillée, assura-t-elle d'un ton qu'elle voulait désinvolte.

— Tant mieux.

— Charlie et Sarah dorment encore, dit-elle pour combler le silence embarrassant qui avait suivi.

— C'est bien. C'est le signe qu'ils grandissent.

— J'imagine, oui.

— J'ai fait du café. Tu en veux ?

— Volontiers. Merci.

Ce dialogue était si tendu, si convenu, si maladroit qu'il lui donnait envie de hurler.

Mason parut soulagé d'avoir quelque chose à faire. Sans attendre, il alla chercher une tasse dans un placard au-dessus du comptoir, la plaça sur le socle de la machine à café puis attendit qu'elle soit pleine. Il y ajouta un sachet d'édulcorant et un soupçon de crème, juste la dose qu'elle aimait. Cette prévenance – Mason connaissait déjà tout de ses habitudes – l'agaça plus qu'elle ne la contenta.

Il lui tendit la tasse qu'elle prit dans un geste nonchalant.

— Merci, dit-elle en y trempant les lèvres.

Comme toujours, il était parfait.

— À quelle heure penses-tu rentrer ce soir ? demanda-t-elle d'une voix neutre.

— J'ai une garde de douze heures, donc pas avant 19 heures. À moins qu'une urgence se présente avant la relève. Pourquoi ?

— Pour le dîner.

Il s'adossa au comptoir dans une posture si sexy qu'elle alluma en elle le feu d'un désir incandescent. Elle ressentait l'envie irrépressible de se retrouver dans ses bras et de se plaquer contre son torse puissant.

Sauf que ce désir n'était pas partagé et que chaque jour qui voyait Mason la rejeter lui devenait un peu plus douloureux et difficile à supporter.

— Si tu as trop faim, ne m'attends pas.

— Pardon ?

De quoi parlaient-ils, déjà ? Elle était partie dans des

sphères si éloignées de la trivialité des tâches domestiques qu'elle avait perdu le fil.

— Le dîner. Ce soir. Si je ne suis pas rentré à l'heure, commence à manger.

— Très bien. Je te préparerai une assiette.

— Ne t'en fais pas pour moi. Et, en fait, il y a de fortes chances que je sois rentré pour le bain des petits.

Quel bon père il faisait ! Quel mal il se donnait pour ne rien rater du rituel du soir !

— À moins qu'ils soient vraiment insupportables, je les ferai tenir jusqu'à ton retour.

— Merci.

Cette gentillesse permanente la rendait folle. Elle détourna la tête et but son café à petites gorgées.

— Si tu dois partir, vas-y, dit-elle sans le regarder.

— J'ai encore quelques minutes.

Elle s'attendait à ce qu'il meuble le nouveau silence qui s'installa entre eux, mais il n'ouvrit pas la bouche. S'il n'avait rien à dire, pourquoi n'avait-il pas sauté sur l'occasion pour partir ? Pour les libérer de ce malaise ambiant qui pesait trop lourd entre eux ?

— Tu ne veux pas manger quelque chose avant de partir ? proposa-t-elle, histoire de se montrer aussi courtoise que lui.

— Non, merci. Je grignoterai en arrivant à l'hôpital, à la cafétéria. Et toi ? Qu'as-tu prévu de faire aujourd'hui ?

S'il pouvait entretenir une discussion aussi superficielle, elle aussi savait le faire.

— Je vais finir de nettoyer mon appartement. J'ai encore quelques affaires à trier.

— Tu devrais attendre que je sois libre, pour que je puisse t'aider.

— C'est gentil, mais je ne peux pas. Le préavis arrive à son terme. Je dois libérer l'appartement aujourd'hui.

— Ce n'est pas parce que tu n'as plus de plâtre que ta jambe n'est pas fragile. Laisse-moi le temps de trouver une solution.

— Ce n'est pas la peine, Mason. Je t'assure que je vais y arriver. J'ai l'habitude. Et puis, j'ai déjà tout organisé. Ta mère vient garder les enfants et Carla va me rejoindre pour m'aider. Au fait, pas un mot à Gabriel, elle est censée être malade.

— Tu ne me crois tout de même pas capable de trahir une amie aussi précieuse ? Je suis choqué que tu aies une si piètre opinion de moi.

Elle n'aurait su dire s'il était sérieux ou s'il plaisantait. Allez savoir, avec les hommes… Dès qu'on touchait à leur fierté, ils étaient capables du pire. Mais Mason méritait qu'elle le rassure.

— Tu te trompes, Mason. Je sais que tu es quelqu'un d'incroyablement droit, incapable de la moindre trahison. J'ai juste voulu te prévenir, pour que tu ne gaffes pas devant ton frère.

— Ne t'inquiète pas. Je serai une tombe.

— Merci.

— Il est temps que j'y aille, dit-il après avoir jeté un coup d'œil à l'horloge numérique du four à micro-ondes.

— Bonne journée.

N'était-ce pas ce qu'une bonne épouse se devait de souhaiter à son mari ?

— Merci. Bon courage à toi.

Des paroles aussi plates que celles qu'elle venait de prononcer. Sur ce plan-là, au moins, ils semblaient sur la même longueur d'onde.

Mason se redressa, semblant hésiter sur l'attitude à adopter. L'espace d'un bref instant, elle espéra qu'il allait venir l'embrasser, comme un mari le ferait avant de partir travailler. Elle retint son souffle, le cœur battant.

— À ce soir, dit-il finalement en se dirigeant tout droit vers le couloir.

Elle perçut le déclic de la porte d'entrée qu'il refermait derrière lui. Le son le plus triste qu'elle ait jamais entendu. Elle imagina Mason traverser la véranda, cette véranda si lourde pour elle de symboles et d'espoirs aujourd'hui bafoués. Toute sa vie, elle avait rêvé d'une famille unie, mais son rêve venait de s'écrouler d'un coup, dans ce petit bruit sec. Car aucune véranda au monde ne pourrait réparer ce qui clochait dans ce tableau idyllique.

Elle se rappela que, lorsqu'elle avait rencontré Mason, il lui avait clairement signifié qu'il ne lui faisait pas confiance. Elle était la sœur d'une femme qui lui avait caché qu'il était peut-être le père des enfants qu'elle portait. Quoi de plus limpide pour un esprit cartésien comme le sien ? De son côté, elle n'avait pas cru un instant à sa bonne foi. Elle avait pensé que, pas plus que les autres, l'idée d'élever des jumeaux nés d'une aventure d'un soir ne le retiendrait. Au contraire, même, elle s'était imaginé qu'il tomberait vite le masque.

Chacun s'était trompé sur le compte de l'autre. Ils avaient fini par surmonter leur méfiance mutuelle pour devenir de bons amis souhaitant former une équipe soudée et élever leurs enfants main dans la main. Se marier lui avait paru une étape naturelle dans leur relation, mais jamais elle n'aurait imaginé qu'au lieu de les rapprocher encore, ce mariage créerait entre eux ce fossé insurmontable.

Aux yeux de la loi, ils étaient mari et femme, mais dans la réalité, rien n'était moins vrai.

10

Lorsqu'elle monta une dernière fois l'escalier de ce qui allait devenir son ancien logement, Annie fut assaillie de souvenirs tristes et chargés d'amertume. Elle revit Jessica lui annonçant qu'elle était enceinte et ignorait qui était le père. Elle se revit à l'hôpital pour assister sa sœur le jour de l'accouchement. Elle ressentit de manière très aiguë le mélange de joie et d'excitation qui, très vite, avait cédé la place à l'anéantissement le plus total lorsque l'impensable s'était produit. Elle se revit encore entrer dans cet appartement avec ces deux petits êtres déjà orphelins et ressentit la terreur qui l'avait envahie à l'idée qu'elle allait devoir les élever seule.

Jusqu'à ce que Mason vienne frapper à sa porte.

Depuis ce jour, sa vie avait changé de bien des façons. Parfois pour le mieux ; parfois pour le pire.

Tout à ses pensées, elle déverrouilla la porte et pénétra à l'intérieur, chargée de rouleaux de sacs-poubelle et de boîtes en plastique. L'endroit avait été vidé de ses meubles. Seules des marques sur le tapis témoignaient de la présence d'un canapé et d'une table basse en ces lieux. Aujourd'hui, son pauvre mobilier se trouvait dans un garde-meubles en attendant qu'elle décide du sort qu'elle lui réserverait. Décision qui lui parut avoir été prise à la légère, compte tenu de la tournure des événements.

— Salut, toi !

Annie se tourna vers son amie, qui se tenait sur le seuil, un gobelet de café dans chaque main.

— Salut, Carla. Merci d'être là.

— Je ne vois pas trop à quoi je vais pouvoir servir, rétorqua Carla en découvrant la pièce vide. Mais j'avoue que la perspective d'un bon déjeuner entre filles a été déterminante.

Elles se mirent à rire toutes les deux, ce qui fit un bien fou à Annie.

— Alors, par quoi veux-tu commencer ? s'enquit Carla après avoir tendu un gobelet à Annie.

— Par la chambre.

Là encore, il ne restait qu'un tapis dont les marques indiquaient l'emplacement du lit et des tables de chevet. Elles le roulèrent et, sur les indications d'Annie, le placèrent contre un mur pour libérer le passage. Elles passèrent ensuite à la salle de bains, où Annie proposa de s'occuper de l'armoire à pharmacie tandis que Carla viderait le placard sous le lavabo.

— Il y a là-dedans un bonnet de douche, des bigoudis, une brosse à cheveux et plusieurs bouteilles de shampoing et d'après-shampoing presque vides, énuméra Carla. Tu en faisais collection ?

— C'est l'époque où je changeais sans cesse de marque. Je gardais ces fonds de bouteilles en réserve, pour le cas où j'aurais eu besoin de shampoing volumateur au dernier moment.

— Veux-tu que je stocke tout ça dans une boîte en plastique ?

Si seulement ces baumes capillaires avaient le pouvoir de résoudre la crise qu'elle traversait, songea-t-elle avec cynisme. Quoique… À bien y réfléchir, Mason n'aimait peut-être pas ses cheveux. Trop fins ? Trop mous ? Trop lisses ?

— Annie ?

— Hum ?

Carla agita une des bouteilles devant elle.

— Alors ? Qu'est-ce que j'en fais ? On les garde ? On les jette ?

— Jette-les !

— OK.

Carla déroula un sac-poubelle et y enfouit les shampoings, tandis qu'Annie poursuivait l'inspection de l'armoire à pharmacie. Elle passa en revue chaque boîte, chaque tube. L'un d'eux portait une étiquette « Jessica Campbell ». Elle s'en souvenait très bien : il s'agissait de vitamines prénatales. Jessica avait voulu acheter la marque la moins chère, que l'on pouvait se faire délivrer sans ordonnance, alors qu'Annie avait insisté pour qu'elle se conforme à la prescription de l'obstétricien, mieux apte à savoir ce qui était bon pour elle et ses bébés.

Un sanglot lui monta à la gorge, qu'elle réprima avec peine.

Depuis leur naissance, elle avait été tellement accaparée par les jumeaux qu'elle n'avait pas eu le temps de faire son deuil de la seule personne au monde qui l'avait aimée d'un amour sincère. Elle ressentait soudain de manière vivace le vide immense que cette disparition avait creusé en elle. Une vague de chagrin la submergea qui, visiblement, n'échappa pas à Carla.

— Tu vas bien ? lui demanda cette dernière en se relevant pour l'épingler d'un regard scrutateur.

— Mais oui, pourquoi ?

— Je t'en prie, Annie, tu n'as jamais su mentir. D'ailleurs, je te recommande vivement de ne pas te mettre au poker. Tu te ferais plumer en moins de deux, tant tu ne sais pas bluffer.

Annie rendit les armes. Carla avait raison. Il était inutile d'essayer de mentir. On lisait en elle à livre ouvert.

— C'est ce tube de vitamines. Il m'a rappelé ma sœur et le fait que je ne la reverrai jamais.

— Oh ! ma chérie…

Carla lui prit le tube des mains et le fit disparaître dans sa paume, comme si ce geste, aussi vain que puéril, aurait le pouvoir de dissiper la tristesse qui étreignait à l'étouffer le cœur d'Annie.

— Je voudrais tant trouver les mots qui sauraient te réconforter, dit-elle encore.

— Tu es là, c'est déjà beaucoup. En plus… Je me sens coupable.

— Coupable ? Mais de quoi, mon Dieu ? Tu as été là au moment où Jessica avait le plus besoin de toi. Tu t'es chargée de ses enfants sans la moindre hésitation. Je voudrais bien savoir de quoi tu serais coupable. Dis-moi !

— J'aime Charlie et Sarah de tout mon cœur, commença-t-elle sans plus pouvoir retenir ses larmes. Ils sont la meilleure chose qui me soit arrivée. Mais à quel prix ?

— Annie, Ce n'est pas comme si tu étais responsable de la mort de ta sœur, rétorqua Carla en l'étreignant. Si tu avais le pouvoir de la faire revenir, tu n'hésiterais pas une seconde. Dis-toi que Jessica n'aurait pas voulu d'une autre mère que toi pour ses enfants.

— Il faut dire qu'elle n'avait pas vraiment le choix. J'étais la personne la plus proche d'elle et, comme elle ne pouvait attendre aucune aide du côté de notre mère et de son mari… Enfin, pas d'aide sérieuse, j'entends.

— Tant pis pour eux, Annie. Ils ne savent pas ce qu'ils perdent.

— Et puis, il y a autre chose. Je suis triste à l'idée que

ces petits ne connaîtront jamais leur mère. Elle était si loyale ! Si courageuse ! Elle m'a toujours protégée. Elle aurait été une maman merveilleuse.

— Eh bien, tu la feras vivre au travers de tes souvenirs. Je suis certaine que les jumeaux ont hérité de toutes les jolies qualités de Jessica.

Cette idée rasséréna un peu Annie, qui parvint à esquisser un pâle sourire.

— Tu as raison. Il faut que je me raccroche à cela.

— Depuis la disparition de ta sœur, tu n'as pas vraiment eu le temps ni l'énergie de penser à autre chose qu'aux bébés. En fait, tu as fait du sur-place. Tu n'as pas pu évoluer, alors que la vie n'est faite que d'une succession d'avancées.

— Je ne suis pas sûre de bien saisir ce que tu veux me faire comprendre.

— Perdre ta sœur a été un drame terrible. Mais cette disparition t'a permis de rencontrer Mason.

Entendre ce nom lui serra le cœur et suscita en elle un flot de sentiments contradictoires.

— C'est vrai. Mason est entré dans ma vie.

Sur ces mots, elle retourna à sa tâche, feignant d'ignorer que Carla n'avait pas réagi à ce qu'elle venait de dire. Elle mit de côté un thermomètre, une crème antibiotique et une boîte de pansements adhésifs, consciente du regard de son amie sur elle.

— Quoi ? finit-elle par demander en se retournant à demi.

— Tu ne m'as pas tout dit, Annie. Il y a quelque chose qui te tracasse. Quelque chose qui n'a rien à voir avec ta sœur.

Annie se retourna tout à fait pour faire face à Carla. Elle n'était pas douée pour mentir, mais elle allait tout de même essayer.

— Mais non. Je suis juste fatiguée. Il faut dire que

ces dernières semaines ont été bien mouvementées, entre ma jambe cassée, mon séjour chez Florence et John, mon emménagement chez Mason et mon déménagement d'ici. C'est sûr que je n'ai pas eu le temps de m'apitoyer sur moi-même.

— Et puis, tu t'es mariée, aussi.

Carla se redressa et s'adossa au lavabo, les yeux rivés sur Annie :

— Au fait, tout se passe bien ?

— Il y a encore quelques petits ajustements à faire, mais globalement, oui.

— Tu me le dirais si quelque chose n'allait pas ?

— Bien sûr, je…

— Je le savais ! Je te l'ai dit, tu ne sais pas mentir ! Quelque chose te contrarie mais, franchement, je ne vois pas ce que ça peut être. Tu viens d'épouser un canon que toutes les femmes t'envieraient, doux, gentil, intelligent… Tu ne crois pas que tu en demandes un peu trop ? Si j'avais ta chance, je reverrais mes ambitions à la baisse. Je me montrerais un peu moins exigeante.

Annie croisa les bras en un geste qui se voulait défensif.

— J'avoue que, sur le papier, ma vie peut paraître idyllique. J'ai un mari extraordinaire, deux beaux enfants pétillants de vie, un boulot que j'aime…

— Mais… ?

— Mais Mason n'a pas envie de moi.

— Il t'a pourtant épousée.

— Oui. Mais pour les enfants. Pour former la famille dont il rêvait. Pour que nous soyons tous réunis sous le même toit.

Carla afficha un air sceptique.

— Je regrette qu'il n'y ait plus de meubles dans cet appartement, dit-elle.

— Je ne vois pas le rapport.

— Nous aurions pu boire un verre de vin, confortablement assises dans ton canapé pendant que tu me raconterais tout.

Elle reprit les deux gobelets de café et, après avoir tendu le sien à Annie, lui fit signe de s'asseoir à côté d'elle sur le rebord de la baignoire.

— Nous serons très bien ici, décida-t-elle.

— Je ne pense pas qu'une discussion entre filles puisse régler mon problème.

— Tu ne peux pas le dire avant d'avoir essayé. Si les mots m'ont manqué pour te réconforter d'avoir perdu ta sœur, en revanche, je pense pouvoir t'aider en ce qui concerne Mason. Vas-y, je t'écoute. Qu'est-ce qui te fait croire que ton mari n'a pas envie de toi ?

— Ce n'est pas quelque chose que j'imagine, Carla, c'est un fait. Mason ne me touche pas. Il ne veut pas coucher avec moi.

Carla avala sa gorgée de café de travers, manquant de s'étrangler de surprise.

— Ne me dis pas que ce mariage n'a pas encore été consommé.

— Si.

Encouragée par son amie, Annie se lança dans un rapport circonstancié de sa vie conjugale platonique avec Mason.

— Bon, déclara Carla quand elle eut terminé. Réfléchissons un peu. Tout est allé très vite entre vous. Mason veut peut-être te laisser du temps. Il est possible qu'il soit tel qu'il semble être : attentionné et prévenant. Qu'il soit tout simplement quelqu'un de bien.

— Nous sommes mariés depuis une semaine maintenant et il n'a pas eu un seul geste envers moi. Aucun homme ne se comporterait comme lui. Lorsqu'il m'a demandée en mariage, il a dit que nous nous aimions bien, ce qui est vrai ; que nous étions de bons amis, ce qui est vrai aussi. Mais je commence à croire que, pour lui, ça s'arrête là.

— Et toi ? Comment ressens-tu les choses ? Tu as envie de faire l'amour avec lui ?

Le corps d'Annie parla pour elle.

— Oui, répondit-elle simplement.

— Eh bien, dans ce cas, prends le taureau par les cornes, lui conseilla Carla.

— Pardon ?

— Prends l'initiative. Les temps ont changé, ma vieille ! Une femme peut dire à un homme qu'elle a envie de lui sans pour autant passer pour une traînée.

— Je ne peux pas. J'ai déjà été trop rejetée dans ma vie. Je ne supporterais pas de l'être une fois de plus. Surtout par lui.

Elle n'avait pas les mots pour décrire quel effet dévastateur un refus de Mason aurait sur elle.

— Ne préférerais-tu pas savoir, une bonne fois pour toutes ? demanda Carla d'une voix infiniment douce.

Sa dyslexie lui avait valu bien des humiliations mais, avec le temps, Annie s'était endurcie. Elle avait appris à compenser, elle avait réussi ce qu'elle avait entrepris. Aujourd'hui, en partie grâce au travail qu'elle avait fourni, la société pour laquelle elle travaillait était sur le point de remporter un très gros marché publicitaire. Il y avait là de quoi se rassurer.

Pourtant, il y avait toujours en elle la petite fille que ses camarades de classe rabaissaient sans cesse puis, plus tard, que son beau-père traitait d'idiote et d'incapable. Aurait-elle la force d'affronter Mason ? D'entendre que, oui, ils s'étaient mariés, mais qu'ils resteraient seulement de bons amis.

— Tu as raison, finit-elle par dire. Je vais y réfléchir.

Mason devait agir. La situation avec Annie devenait chaque jour plus tendue, plus insupportable. Il était seul responsable. L'échec de son premier mariage puis son divorce suivi de sa mission en Afghanistan l'avaient rendu maladroit avec les femmes. Il ne savait pas parler à Annie ; il manquait de recul et d'humour sur les gens et sur les événements. Il avait adoré le baiser qu'Annie et lui avaient échangé. Un baiser qu'il avait pressenti porteur de belles promesses. Et pourtant…

C'était la raison pour laquelle il se trouvait au volant de son SUV, en direction des bureaux de Make Me a Match. Une fois dans le parking, il prit l'ascenseur qui le conduisit directement au dernier étage. La cabine s'ouvrit sur la réception, où officiait Carla. Celle-ci l'accueillit dans un sourire chaleureux.

— Bonjour, Mason. Comment allez-vous ?

— Très bien, merci.

— Vraiment ? Vous avez une mine épouvantable.

— Je suis ravi de vous l'entendre dire, rétorqua-t-il, un brin piqué par la franchise de Carla.

— Trop de travail, j'imagine ? Et puis, avec les jumeaux, ça ne doit pas être de tout repos non plus.

Il crut deviner dans le ton de sa voix un mélange de reproche et de sollicitude. Mais quelle raison Carla aurait-elle de lui en vouloir ? Il devait se tromper.

— Un peu des deux, répondit-il.

— Comment va Annie ?

— Très bien, mentit-il, conscient de ce que son ton désinvolte sonnait faux.

— Alors, dites-moi : que nous vaut l'honneur de votre visite ? Comme vous vous êtes mariés il y a… Combien, déjà ? Dix jours, j'imagine que vous n'êtes pas là pour trouver l'âme sœur.

— Je suis venu voir ma tante.

— Je ne vois pas votre nom sur mon planning. Vous avez rendez-vous ?

— Non. En fait, comme j'étais dans le quartier, je suis passé la saluer. Peut-être même l'inviter à déjeuner, si elle a un peu de temps.

— C'est bête. Vous l'avez manquée de peu. Elle vient juste de sortir.

— Tant pis pour moi. J'aurais dû l'appeler avant.

— Puisque vous êtes ici, voulez-vous que je dise à Gabriel que vous êtes là ?

À vrai dire, Gabriel était bien la dernière personne au monde avec qui il avait envie de discuter de ses problèmes de couple.

— Non, laissez. Je ne veux pas le déranger.

— Dans ce cas, voulez-vous que je transmette un message à votre tante ?

— Dites-lui simplement que je suis passé et que je reviendrai pour lui parler. Merci, Carla. À bientôt.

— Mason, est-ce que je peux faire quelque chose pour vous ?

Après Gabriel, cette femme était la deuxième personne à qui il ne se confierait pas.

— Non, c'est gentil. Je vais y aller.

Il s'apprêtait à partir lorsque la voix de son frère résonna dans le couloir.

— Mason ! Quelle surprise ! Qu'est-ce que tu viens faire ici ?

— Je voulais dire bonjour à tante Lil. Malheureusement, elle n'est pas là.

— Tu es pressé ? Tu as déjeuné ? J'allais justement commander quelque chose. J'avoue que je ne serai pas contre un peu de compagnie.

— D'accord, accepta Mason qui ne voyait pas trop

quelle raison invoquer pour s'échapper. Carla, j'ai été ravi de vous voir.

— Moi aussi. Embrassez Annie pour moi.

— Je n'y manquerai pas.

Mason suivit son frère jusqu'à son bureau, qui se trouvait au bout d'un long couloir.

— Qu'est-ce qui ne va pas ? lui demanda Gabriel aussitôt qu'il eut refermé la porte sur eux.

— Eh bien, on peut dire que tu es direct, toi…

— On me le reproche assez souvent, en effet. Et maintenant, réponds à ma question !

— Qu'est-ce qui te fait penser que quelque chose ne va pas ?

Gabriel alla se percher sur un angle de son bureau avant de répondre :

— Parce que tu n'es jamais passé voir tante Lil à l'improviste.

— Je te rappelle que je n'ai pas été beaucoup là cette dernière année. Et puis qu'en sais-tu ? Tu ne travailles pas ici depuis très longtemps.

— Assez longtemps, en tout cas, pour savoir que ce n'est pas dans tes habitudes.

— Que sais-tu de mes habitudes ?

— D'accord. Tu veux dire que je ne te connais pas ? Que je ne m'intéresse qu'aux chiffres, aux données informatiques et aux feuilles de calcul ?

— Il y a de ça, en effet.

— Il est vrai que c'est cette partie-là de ce travail qui m'attire. Mais en ce qui te concerne, je sais que les visites surprises, ce n'est pas ton truc. Entendons-nous bien, Mason, ce n'est pas une critique, c'est juste un fait. À partir de cet élément, j'en conclus que tu voulais voir tante Lil parce que tu avais une idée précise en tête. Et comme tu viens de te marier, j'en déduis aussi que ton problème a un lien avec ta femme. Je me trompe ?

Il ne chercha pas à nier. Gabriel l'avait percé si facilement à jour qu'il ne servirait à rien de vouloir mentir.

— Non, tu ne te trompes pas.

— Vas-y ! Je t'écoute.

Mason vit dans sa décision de se confier à son frère – celui-là même qui lui avait déconseillé de brûler les étapes – le degré de son désespoir.

— D'abord, je veux que tu me jures que cette discussion ne sortira pas d'ici. Que tu n'en parleras à personne, et surtout pas à quelqu'un de notre famille.

— Tu es sérieux ? Je ne peux pas te faire une telle promesse. Je ne suis ni un prêtre, ni un avocat, ni un médecin, pour être tenu au secret professionnel.

Le sourire narquois qu'il affichait indiquait clairement à quel point cette situation l'amusait.

— Dans ce cas, je ne te dirai rien, rétorqua Mason en esquissant le geste de repartir.

— C'est bon. Tu as gagné. Je serai muet comme une tombe. Mais peux-tu me laisser le plaisir d'un petit : « Je te l'avais bien dit », mesquin, je te l'accorde, mais tellement jouissif !

— Tu viens de te le faire, ce petit plaisir, non ? Et maintenant, je veux que tu jures que tu ne révéleras à personne ce que je vais te dire.

— Tu veux que je jure sur la Bible ?

— Donne-moi ta parole de frère. Ce sera suffisant.

— Là, c'est du sérieux. Je te fais la promesse solennelle de garder pour moi tout ce que tu me diras.

— Bien. Alors voilà… J'ai tout gâché avec Annie. J'ai gâché notre nuit de noces.

— Seigneur, Mason ! Je ne suis pas très bien placé pour parler de ça avec toi. Et tante Lil, encore moins. Tu t'imagines lui raconter tes performances sexuelles avec ta femme ? Sérieusement ? Je ne sais pas, tu devrais peut-être consulter un spécialiste.

— Tu n'y es pas, Gabriel.

— Tu m'en vois soulagé. Mais s'il ne s'agit pas de sexe, alors de quoi…

— En fait, si, il s'agit de sexe.

Gabriel secoua la tête, exprimant une profonde incompréhension.

— Pourrais-tu être plus précis ? Je ne vois pas où tu veux en venir.

Le moment était venu de se lancer.

— Tout allait bien jusqu'à notre retour à la maison, après le mariage. Nous nous sommes occupés des enfants, qui se sont endormis dès que nous les avons couchés, ce qui n'était encore jamais arrivé. Et puis, Annie et moi nous sommes retrouvés en tête à tête. J'ai voulu me montrer prévenant. Je ne voulais surtout pas la brusquer pour… Enfin, tu as compris.

— Pour coucher avec elle ?

Il opina.

— Je voulais qu'elle ait une échappatoire, au cas où elle en chercherait une.

— Que lui as-tu dit ?

— Qu'après la journée que nous avions eue, elle devait être fatiguée.

Gabriel lui lança un regard lourd de commisération.

— J'admets volontiers que je suis plus à l'aise avec les chiffres qu'avec les femmes, mais là, tu as fait fort. Même moi, je crois que je m'y serais mieux pris !

— Je l'ai bien compris, figure-toi.

Il n'oublierait jamais la déception qu'il avait vue s'inscrire dans le regard d'Annie. Malheureusement, il n'avait pas su rattraper le coup. Il avait laissé la tension et l'incompréhension s'installer entre eux jusqu'à devenir un fossé qu'il jugeait désormais insurmontable.

— Je suis perdu, Gabriel. J'en suis à un point où la peur de mal faire me paralyse.

— J'étais loin de me douter…

— De quoi ?

— Que tu étais romantique.

— Eh bien, maintenant tu sais, rétorqua-t-il plus vivement qu'il ne l'aurait voulu. Et je ne suis pas plus avancé.

— Je suppose que je ne suis pas le seul Blackburne à pouvoir t'aider. Tu devrais pouvoir trouver mieux que moi.

— Si nous nous trouvions dans une salle des urgences et que tu étais victime d'une crise cardiaque, je saurais exactement quoi faire. Je suis médecin, pas spécialiste des affaires de cœur.

— Je comprends tout à fait ce que tu veux dire.

— Puisque tu viens d'admettre que tu n'y connais pas grand-chose aux femmes, il est fort possible que je me sois humilié devant toi pour rien. En fait, tu ne m'es d'aucune utilité.

— Je n'irais pas jusque-là, rétorqua Gabriel, devenu subitement pensif. Par exemple, j'ai beau me fermer à toute la partie de cette société que je ne supporte pas, il n'empêche que j'absorbe malgré moi, tout au long de la journée, une somme d'informations qui pourraient, dans ce cas précis, nous être utiles.

— Comme quoi ?

— Comment organiser des rencontres romantiques. C'est la spécialité de la maison.

— Je te rappelle que je suis déjà marié.

— Je ne le sais que trop. Mais as-tu déjà emmené Annie ailleurs que dans un fast-food ? As-tu fait quoi que ce soit pour lui donner l'impression que votre mariage n'était pas qu'un arrangement ?

— Comment veux-tu que je fasse ? Entre mon boulot et les enfants, nous n'avons pas vraiment l'occasion de nous ménager de tendres tête-à-tête.

— Il ne s'agit pas de faire des miracles, mais d'avoir de petites pensées pour elle. Tu pourrais revenir à la maison avec un bouquet de fleurs ; parsemer le lit de pétales de roses ; ouvrir une bouteille de champagne que vous boiriez dans l'intimité de votre chambre. Tu peux chercher sur Internet à la page « gestes romantiques », parce que là, je suis à court d'idées. Ou alors, demande conseil à maman.

— Je vais faire comme si je n'avais pas entendu ce que tu viens de dire.

— Enfin, en tout cas, tu as saisi le concept ?

— Oui. Je dois lui faire la cour, en somme.

— Voilà. Et surtout, n'oublie pas de l'embrasser quand tu lui souhaites une bonne nuit.

— Nous nous sommes déjà embrassés.

— Avant le mariage ?

— Oui.

— Et alors… ?

— Alors, j'ai eu l'impression que nous étions sur la même longueur d'onde.

— Eh bien, voilà ! Tu n'as qu'à reprendre là où vous vous êtes interrompus, mais avec un peu plus de force, si tu vois ce que je veux dire. Si tu sens que ça marche, tu n'auras plus qu'à la cueillir au prochain rendez-vous. Tu vas dire que je radote, mais je ne peux pas m'empêcher de penser que tu aurais pu franchir toutes ces étapes *avant* de prononcer vos vœux.

— Tu comptes me soûler encore longtemps avec tes leçons de morale ?

— Désolé.

— Tu ne l'es pas, pointa Mason en souriant.

— C'est vrai. Tu sais, Mason, j'aime beaucoup Annie. Et vos enfants sont adorables.

— Ce n'est pas moi qui te dirais le contraire.

— Je te souhaite bonne chance.

— Merci.

Les deux frères s'étreignirent, puis Mason prit la direction de la sortie.

Il avait des choses à faire.

Un rendez-vous important à organiser.

11

Annie resta au bureau plus tard que d'habitude, en partie parce que la date butoir de présentation du projet approchait, en partie parce qu'elle voulait éviter Mason qui, de repos ce jour-là, serait à la maison. Pourtant, elle avait beau traîner, il fallait bien qu'elle se résigne à rentrer chez elle, à un moment ou à un autre.

Son désir pour Mason ne s'était pas émoussé. Loin de là. Chaque fois qu'elle le voyait, son cœur s'accélérait et elle brûlait de se jeter à son cou pour l'embrasser. Lorsqu'ils s'occupaient ensemble des jumeaux, il n'y avait aucun malaise entre eux. C'était lorsqu'ils se retrouvaient seuls, en tête à tête, que l'ambiance devenait tendue, presque irrespirable.

Elle repensa à ce que Carla lui avait conseillé. Et si son amie avait raison ? Si elle devait dépasser ses craintes et prendre l'initiative d'aller vers Mason ?

Après avoir effectué le court trajet qui séparait son bureau de la maison, elle gara sa voiture à la place qui lui était dévolue et se dirigea vers la porte d'entrée avec à la main la serviette dans laquelle se trouvait son ordinateur portable.

Elle inspira profondément pour se donner du courage, puis pénétra à l'intérieur, s'étonnant du silence paisible qui y régnait. Mason se trouvait dans la cuisine, occupé à ouvrir une bouteille de vin. Elle regretta que les choses soient ce qu'elles étaient, sans quoi elle serait allée se blottir entre ses bras enveloppants et lui aurait fait sentir la force de son désir pour lui.

— Je t'ai entendue rentrer, dit Mason en se retournant vers elle.

Il lui adressa alors un sourire renversant qui lui envoya comme de petites ondes électriques au creux des reins.

— Bon… Bonsoir, balbutia-t-elle.

— Tu as eu une longue journée. Laisse-moi te débarrasser de ta serviette.

Avant même de réaliser ce qu'il se passait, elle sentit le contact de sa main chaude et douce sur la sienne tandis qu'il lui prenait sa sacoche.

— Donne-moi aussi ton sac à main.

— Oh mais je… Je peux…

— Je vais les ranger dans le salon. Ne bouge pas. Je reviens tout de suite.

Il laissa dans son sillage les effluves d'un parfum qui chavira les sens d'Annie.

— Qu'as-tu fait des enfants ? lui demanda-t-elle d'où elle se tenait.

— Ils dorment, répondit-il en revenant.

Le cœur battant, elle le regarda prendre deux verres à pied et les remplir à moitié du vin de Bordeaux qu'il venait de déboucher.

— Ils dorment vraiment ? s'étonna-t-elle en prenant le verre qu'il lui tendait.

— Oui. Ils n'ont pas fait la sieste aujourd'hui. Nous avons joué, et puis je les ai emmenés faire une grande promenade dans le parc, où ils ont pris l'air un bon moment. À l'heure du bain, ils étaient déjà épuisés et ne demandaient qu'à être couchés.

— Tu veux dire qu'ils ont aussi pris leur bain ?

— Mais oui ! Tu as eu une grosse journée, alors j'ai pensé que tu aurais surtout envie de te détendre en rentrant.

Ce nouveau Mason retint toute son attention. À quoi était dû ce changement ? Qu'y avait-il de changé entre hier et aujourd'hui ?

— C'est gentil, mais il est temps que j'aille préparer le dîner si nous ne voulons pas passer à table très tard.

— Tout est prêt. La salade et les pommes de terre au four. J'attendais que tu arrives pour lancer la cuisson des steaks.

Elle devait rêver ; voguer dans un monde parallèle.

— Dans ce cas, je vais mettre le couvert.

— C'est fait aussi.

Elle s'aperçut qu'en effet, la table était dressée. Mason avait même pris la peine de l'agrémenter d'un bouquet de roses jaunes. Elle se sentit fondre d'une infinie tendresse pour cet homme qui ne cessait de la surprendre.

— Oh ! Mason, comme c'est gentil ! s'exclama-t-elle en allant humer le parfum des fleurs. Elles sont magnifiques !

— Sais-tu qu'il existe un langage des fleurs ? Que chaque couleur de roses véhicule un message différent ?

— J'en ai entendu parler, mais je n'y connais pas grand-chose. Mais toi, d'où tiens-tu cela ?

— De la fleuriste en personne.

Son cœur fit un bond dans sa poitrine. Ce bouquet ne provenait pas du supermarché du coin, comme elle l'avait supposé, mais de la boutique d'une fleuriste ?

— Tu es allé là-bas exprès ?

— Oui, avec les jumeaux. Ils ont adoré vivre cette expérience !

— Alors, selon ta science toute fraîche, quel est le symbole de la couleur jaune ?

— La joie, l'amitié et la promesse d'un nouveau départ.

Ne nous emballons pas.

Mason avait porté son choix sur ces roses parce qu'il en aimait la couleur. Il n'y avait pas de message caché là derrière.

— Elles sont très belles, dit-elle. Si gaies ! Merci.

— De rien.

Il s'approcha de l'endroit où elle se tenait et leva son verre.

— À quoi pourrions-nous trinquer ?

— À nos enfants.

— À Sarah et Charlie, dit-il en choquant son verre contre le sien. Tu dois mourir de faim. Je vais mettre les steaks à griller.

— Pendant ce temps, je vais remuer la salade et faire réchauffer les pommes de terre.

— Laisse, dit-il. Toi, tu as travaillé aujourd'hui et c'est notre premier… C'est un… Laisse-moi te dorloter un peu.

— Merci, Mason. C'est si gentil à toi. Mais toi aussi, tu as travaillé dur aujourd'hui, même si tu n'es pas allé à l'hôpital. Tu m'as parfaitement remplacée à la maison.

— Merci. C'est un joli compliment que tu me fais là.

— Je le pense vraiment, du fond du cœur.

Une lueur intense s'alluma dans le regard de Mason. Ils avaient beau ne pas se toucher, elle sentait le contact de ses mains partout sur son corps.

— Puisque tu n'as pas besoin de moi en cuisine, je vais jeter un coup d'œil aux jumeaux.

Elle avait repéré le babyphone placé bien en évidence sur le comptoir, qui les aurait alertés s'il y avait eu le moindre problème. Mais elle avait besoin d'aller voir ses enfants. Un besoin viscéral. Elle avait aussi besoin de prendre un peu de distance pour s'assurer qu'elle ne rêvait pas. Elle avait tant de mal à croire que quelque chose de positif allait sortir de cette soirée…

Elle alla d'abord voir Charlie qui, allongé sur le dos, bras et jambes écartés, semblait heureux d'occuper tout l'espace de son petit lit. D'un geste infiniment doux, elle repoussa en arrière la mèche soyeuse qui lui barrait le front.

Elle passa ensuite dans la chambre de Sarah. Contrairement à son frère, elle dormait toujours sur le ventre. Annie déposa un baiser sur son doigt et le porta délicatement sur la joue rebondie de la fillette qui se mit à bouger. Annie se figea sur place, n'osant plus respirer. Après tous les efforts qu'avait faits Mason pour qu'ils passent une soirée tranquille, il aurait été dommage que ses efforts ne soient pas récompensés. Elle attendit donc quelques minutes sans bouger puis, lorsqu'elle fut certaine que Sarah ne se réveillerait pas, elle sortit de la chambre sur la pointe de pieds et regagna la cuisine.

Le chasseur-cueilleur des temps modernes, se dit-elle, amusée, en voyant Mason s'affairer aux fourneaux.

— Pas de bougies ? le taquina-t-elle lorsqu'ils furent installés à table, l'un en face de l'autre.

— Bon sang ! Je savais bien que j'allais oublier quelque chose.

— Mason, je plaisantais. Tout est parfait.

— Vraiment ? Tu ne dis pas ça pour me faire plaisir ?

— Tu plaisantes ? Pour une femme, c'est fantastique de se faire servir comme ça. J'ai l'impression d'être au restaurant.

— Sois indulgente. À l'armée on ne nous a pas appris à cuisiner ni à servir avec style.

— Là, je te soupçonne de chercher les compliments.

— Cela se voit tant que ça ? Moi qui pensais être subtil ! Goûte ton steak et dis-moi si la cuisson te va, ajouta-t-il en lui souriant. Je l'ai cuit saignant, mais je peux le repasser un peu à la poêle si cela ne te convient pas.

Elle coupa un bout de sa viande et en regarda le cœur rosé.

— Non, c'est parfait.

La chair parfaitement grillée fondait presque dans sa bouche tant elle était tendre.

— Tu avais raison, je mourais de faim, dit-elle pour justifier l'appétit féroce avec lequel elle avait attaqué son repas. Il faut dire que j'ai sauté le déjeuner.

— En tant que médecin, je ne peux que désapprouver.

— Je ne pouvais pas me permettre de prendre ma pause. Nous sommes dans la dernière ligne droite et il était urgent de procéder à la finalisation du projet. Et puis, je ne sais plus si je te l'ai dit, mais je travaille sur deux projets simultanément. Je n'aime pas mettre tous mes œufs dans le même panier.

— Cela signifie deux fois plus de travail !

— Oui, mais c'est aussi un pari sur l'avenir.

— Quelque chose me dit que tu ne mets pas toute cette énergie que dans ton travail.

— Je m'efforce de faire de mon mieux dans tous les domaines, en effet. Je tiens cette force de mon enfance tourmentée.

— Quand je pense à tes parents…

— Tu te rappelles ce que je t'ai dit sur eux ?

Un homme capable de prêter une oreille attentive était une chose rare. Mais un homme qui retenait ce que vous lui aviez confié, c'était plus rare encore.

— Ils ne savent pas ce qu'ils perdent. Au cas où je ne te l'aurais pas encore dit.

— Peut-être qu'un jour je finirai par croire qu'ils sont passés à côté de quelque chose en faisant comme si je n'existais pas. Pour l'heure, je n'en suis pas là. Je cherche à trouver le juste équilibre entre mon travail au bureau et mon travail à la maison. Ce que tu as fait aujourd'hui m'aide infiniment.

— Ce n'est qu'une juste contribution, rétorqua-t-il avec une modestie touchante.

— Eh bien, puisque nous parlons d'équilibre et de participation, c'est moi qui vais faire la vaisselle. Tu as bien mérité un peu de repos.

— Ce genre de chose n'est pas envisageable dans mon établissement, madame.

— Mason, laisse-moi te donner un coup de main. C'est le moins que je puisse faire.

— Bon, d'accord, acquiesça-t-il après un bref moment d'hésitation.

C'est ainsi qu'ils débarrassèrent la table puis mirent un peu d'ordre dans la cuisine tout en finissant la bouteille de vin. Annie se sentait détendue et heureuse. À chaque fois que leurs mains se frôlaient, son cœur s'affolait dans sa poitrine. Elle vit un voile de désir passer dans le regard de Mason. Oserait-elle faire le premier pas ?

Mais la peur d'être rejetée la paralysait. S'il ne voulait pas d'elle, elle ne le supporterait pas. Aussi – par égoïsme lui semblait-il, car elle ne voulait pas perdre cette famille peu ordinaire qu'ils formaient malgré tout –, elle décida de ne pas brusquer les choses. Si la situation devait évoluer dans le sens qu'elle souhaitait, ce serait parce que Mason l'aurait choisi.

Lorsqu'ils eurent terminé, il baissa les yeux sur elle et lui dit d'une voix qui la fit frissonner :

— J'ai vraiment passé une très bonne soirée.

— Moi aussi.

Ils restèrent un moment silencieux, semblant hésiter l'un et l'autre à poursuivre.

— Est-ce que je peux t'embrasser pour te souhaiter une bonne nuit ? finit-il par demander.

Cette délicatesse était si touchante qu'elle opina avec un sourire attendri.

Alors, dans un geste infiniment tendre, il encadra son visage de ses deux mains et lui effleura la bouche de ses lèvres. Ce fut un baiser d'une douceur inattendue, mais porteur de jolies promesses.

— Maintenant, j'ai un peu de travail administratif qui m'attend, dit-il en s'écartant d'elle. Dors bien.

Elle ne sut qu'opiner, un brin déçue mais pleine d'espoir. Mason ne la rejetait pas. Il préparait quelque chose.

Après avoir travaillé trois journées d'affilée, Mason eut droit à quarante-huit heures de repos durant lesquelles il prépara son plan d'attaque. Il était temps de passer à la vitesse supérieure avec Annie.

Il avait tout prévu.

En fin de journée, il emmena les jumeaux chez ses parents, où il s'attarda un peu avec eux. Les bébés, installés sur une couverture par terre, jouaient à attraper Lulu, qui se prêtait de bonne grâce à leurs caprices, tandis que les grands-parents, assis à côté d'eux, les regardaient faire, un sourire aux lèvres.

— J'ai l'impression que je n'ai pas vu ces petits anges depuis une éternité ! soupira Florence.

— Maman, tu les vois presque tous les jours !

— Oui, mais ce n'est pas comme quand je les avais ici, à la maison.

Mason regarda sa fille ramper jusqu'à son grand-père et tenter de l'escalader. Voir cette force de la nature craquer de la sorte pour une toute petite fille le fit fondre de tendresse.

— Mason ?

— Oui ?

— Je te demandais où est Annie.

— Elle est encore au bureau.

— Je ne comprends pas. Pourquoi veux-tu que nous gardions ces chérubins ce soir, alors que tu ne travailles pas ? Ce n'est pas que cela me dérange, loin de là !

— C'est juste parce que tu brûles de savoir. Eh bien, je vais te le dire. Je voudrais aller chercher Annie au bureau et l'emmener dîner au restaurant.

— Oh ! Mason ! Quelle merveilleuse idée ! C'est très délicat de ta part.

Et égoïste, certes, mais il voulait mettre toutes les chances de son côté pour qu'il sorte quelque chose de positif de cette soirée. Il prit le parti de taire à sa mère qu'il avait demandé conseil à son frère et effectué des recherches sur Internet sur la bonne attitude à adopter lorsqu'on voulait s'attirer les faveurs d'une femme qui ne vous laissait pas insensible. Comme il ne pourrait pas l'emmener passer des vacances de rêve aux îles Fidji, lui faire la surprise d'aller la chercher au bureau pour un dîner aux chandelles devrait être un bon début.

— Je suis content de voir que tu m'approuves, maman, dit-il avant de s'adresser à son père : Des objections, papa ?

— Aucune, répondit John en s'amusant de voir Sarah plonger ses menottes dans la poche poitrine de sa chemise pour tenter d'attraper son téléphone portable. Embrasse Annie pour nous.

— Prenez votre temps, mon chéri, ajouta Florence. Nous ne travaillons pas demain, alors si vous voulez que nous gardions les petits toute la nuit, il n'y a aucun problème.

À vrai dire, Mason avait nourri l'espoir que sa mère lui ferait une telle proposition.

— Je crois que je vais accepter, maman. Je pense qu'Annie sera ravie que nous n'ayons pas à les récupérer avant demain. Merci, maman.

— De rien. Tu sais bien que c'est un plaisir.

Lulu aboya, attirant l'attention sur Charlie, qui tentait de s'agripper à une pile de DVD pour se mettre debout.

— Alerte rouge ! lança Mason en se levant.

— Il va falloir faire quelque chose, commenta Florence,

qui arriva avant lui, et juste avant la catastrophe. Les jumeaux ne sont plus en sécurité ici, maintenant.

— Je file vite avant de rater Annie. Il ne manquerait plus que ça.

— Pars tranquille. Nous allons bien prendre soin de ces petits anges.

Elle couvrit alors de baisers sonores Charlie, qui gloussa de bonheur.

— Je n'en doute pas une seconde. À trois, vous devriez vous en tirer.

— Qui est le troisième ?

Mason pointa la chienne du menton.

— Lulu. En fait, Annie et moi sommes jaloux. Nous aimerions bien avoir une Lulu, nous aussi.

— C'est vrai qu'elle les adore, ces petits, acquiesça Florence. Et maintenant, file, si tu ne veux pas être en retard.

— J'y vais.

Il embrassa son père et Sarah, puis sa mère et Charlie, avant de s'éclipser, certain d'avoir entendu l'un ou l'autre des jumeaux balbutier quelque chose comme : « Pa- Pa. »

La seconde partie de son plan était sur les rails, se dit-il en prenant le chemin du bureau d'Annie, peu éloigné de la maison de ses parents.

Une fois dans le hall, il se dirigea droit vers l'ascenseur et s'engouffra dans la cabine. Il pressait le bouton de l'étage à atteindre lorsque le doute l'assaillit. Et si elle trouvait stupide son idée de l'emmener dîner dans un restaurant romantique ? S'il ne faisait que l'embarrasser ? Et, pire que tout : si elle ne souhaitait pas que leur relation évolue ?

Les portes de la cabine s'ouvrirent sur une porte vitrée au milieu de laquelle étaient gravés les mots « Grafic Design C & J ». Il sortit tout à fait, cherchant Annie du regard, et la vit, en grande conversation avec un homme brun d'une trentaine d'années, d'une séduction agaçante. Mason ne s'était pas imaginé une seconde Annie collaborant avec un type digne de figurer en couverture du magazine *GQ*.

— Qui ne tente rien n'a rien, marmonna-t-il en se dirigeant droit vers le couple.

— Qui êtes-vous ? lui demanda l'homme sans préambule.

Annie pivota vers lui, les yeux écarquillés de surprise.

— Mason !

Il lui adressa un petit signe de la main et vint se positionner à côté d'elle.

— Que viens-tu faire ici ?

— Je voulais te faire la surprise, je t'emmène dîner dehors.

Il soutint sans ciller le regard que l'homme dardait sur lui.

— Eh bien, ton but est atteint. Pour une surprise, c'est une surprise ! Vraiment. Qu'as-tu fait des enfants ?

— Ils sont à la maison. Ils arriveront bien à se débrouiller tout seuls, ils sont grands, maintenant. Je plaisante, bien sûr.

— Cela va sans dire. Tu ne croyais tout de même pas que j'allais marcher ?

— L'espace d'une seconde, peut-être.

— Sérieusement, où sont-ils ?

— Tu as droit à trois réponses.

— Chez tes parents.

— Trop facile, je te l'accorde.

— Ainsi donc, il y a vraiment un mari ? demanda Beau Gosse.

— Oui, répondit Annie. Désolée, j'aurais dû vous présenter. Mason, voici l'un de mes collaborateurs, Cruz Wright. Cruz, voici mon mari, Mason Blackburne.

— Enchanté, dit Mason en tendant la main à Cruz.

— De même. C'est donc vous, le père des enfants, celui qui a réussi à conduire Annie devant l'autel ?

Devait-il voir un message caché derrière ces mots ? Ce type avait-il tenté sa chance dès qu'il avait eu vent du fait qu'Annie avait définitivement balayé Dwayne du paysage ? Cette histoire n'était pas claire.

— C'est bien moi, en effet, répondit-il en se rapprochant un peu plus d'Annie, s'imaginant ainsi marquer son territoire.

Heureusement, Annie travaillait surtout à distance, ce qui laissait peu de chances à ce bellâtre de gagner du terrain.

À ce moment-là, une jolie jeune femme vint se joindre à eux et jaugea Mason ostensiblement.

— Qui est-ce ? s'enquit-elle de manière un peu abrupte.

— C'est mon mari, Mason Blackburne, répondit Annie. Mason, je te présente Ella Lancaster, l'assistante de mon patron, celle qui gère tout de main de maître, mais avec douceur et toujours dans la bonne humeur.

— Ravi de faire votre connaissance, mademoiselle Lan…

— Appelez-moi Ella, je vous en prie. Annie a vécu une année très éprouvante. Nous avons été tellement heureux d'apprendre qu'elle allait se marier ! Il était temps qu'elle rencontre quelqu'un qui se montre à la hauteur de ses exigences. Elle le mérite !

— Elle ne supporte pas les imbéciles, renchérit Cruz.

— J'ai bien supporté Dwayne, répliqua Annie. Et encore, le traiter d'imbécile est faire affront aux imbéciles.

Cruz se mit à dévisager Mason sans scrupule avant de lancer :

— Bravo. Vous marquez des points en venant chercher Annie à l'improviste comme vous le faites !

— Il est venu me faire une surprise, expliqua Annie à Ella.

— Vous n'auriez pas un frère célibataire, par hasard ? demanda cette dernière dans un soupir où pointait l'envie.

— En fait, si, répondit Annie à la place de son mari. Il en a même deux.

À ce moment-là, un homme les rejoignit à son tour. Grand, élancé, une stature de coureur de fond, il dégageait un charme discret qu'aurait pu lui envier Beau Gosse.

— Bob, voici mon mari, Mason. Mason, voici Bob Clemens, notre patron.

— Heureux de vous rencontrer, Mason.

— Enchanté.

— Annie m'a dit que vous avez servi dans l'armée et que vous avez été libéré récemment.

— C'est exact. J'étais assigné à une unité médicale en Afghanistan.

— Eh bien, un grand merci pour vos services ! À quoi devons-nous le plaisir de votre visite dans nos bureaux ?

— Je suis venu chercher Annie pour l'emmener dîner.

Bob approuva d'un hochement de tête.

— Elle n'a pas ménagé ses heures, ces derniers temps. Elle mérite d'être dorlotée. La campagne sur laquelle nous travaillons est enfin prête et Annie a grand besoin de se détendre un peu.

— C'est bien mon intention de l'y aider.

— Eh bien, qu'attendez-vous ? dit Bob. Filez vite !

— Annie ? On y va ?

Mason ne perçut aucune hésitation lorsqu'elle le prit par le bras, prête, lui sembla-t-il, à se laisser conduire là où il voudrait.

Il était temps de passer à la troisième partie du plan.

12

Annie vibrait d'excitation en quittant les bureaux au bras de Mason. Quelles que soient les raisons qui motivaient le nouveau comportement de son mari, elle était preneuse. Il lui fallut faire un effort surhumain pour ne pas glousser comme une collégienne et donner l'impression que rien n'était plus normal que de marcher au côté de cet homme qu'elle désirait tant. Elle le trouvait extrêmement séduisant dans la tenue à la fois chic et décontractée qu'il avait choisi de porter pour leur première sortie ensemble. N'était-il pas même trop bien pour elle ? se demanda-t-elle, avant de décider que le moment n'était pas opportun de se poser ce genre questions.

Tandis qu'ils attendaient l'ascenseur, elle sentit peser sur eux les regards curieux – et envieux ? – de ses collaborateurs. Rien de plus normal. Mason et elle ne donnaient-ils pas l'apparence du couple idéal, celui que chacun rêvait de former un jour ?

— Je dois avouer que je ne m'attendais pas à ce que tu me fasses une telle surprise.

— Tant mieux. C'est le but d'une surprise.

— Peux-tu me dire ce qui…

L'arrivée de l'ascenseur l'empêcha de terminer sa phrase. Et puis, après tout, peu importait ! Elle n'avait qu'à savourer ce moment de bonheur, tout simplement.

Tout à sa joie, elle remarqua les vitrines décorées de citrouilles, de pots de chrysanthèmes et de petits épouvantails qui annonçaient que, malgré le beau temps persistant, l'automne était déjà bien avancé.

— Ce sera le premier Halloween des enfants, souligna-t-elle. Nous les emmènerons chercher des bonbons chez les voisins de notre quartier ?

— Et comment ! Et même, nous les déguiserons !

— Quelle bonne idée ! Ce sera tellement mieux pour moi, cette année !

Mason lui lança un regard un brin railleur.

— Vraiment ? Je te rappelle que tu as deux enfants à charge maintenant.

— Oui, mais nous habitons avec leur papa dans une grande et belle maison. J'ai tellement hâte de leur faire vivre ce moment ! De voir tous ces enfants déguisés réclamer des bonbons de maison en maison.

— Tout est une question de logistique, pointa Mason qui semblait perdu dans ses pensées.

— Pardon ?

— Nous allons devoir réfléchir sérieusement à la bonne stratégie à adopter.

— Mais enfin, de quoi parles-tu, Mason ? Pourrais-tu traduire ce que tu viens de dire en un langage que la simple citoyenne que je suis peut comprendre ?

— L'un de nous deux restera à la maison – au centre d'opérations stratégiques, ou COS – pour distribuer des friandises à nos petits visiteurs, tandis que l'autre ira en récupérer dans le quartier.

— J'ai compris. Se diviser pour mieux régner.

— Exactement.

Elle poussa un soupir d'aise.

— Je suis d'accord.

Il posait sur elle un regard plus serein que celui qu'il

avait le jour où il était venu frapper à sa porte, quelques mois plus tôt.

— Mais pressons-nous un peu ! Nous reparlerons de tout cela à table.

— Je suis garée là-bas, expliqua-t-elle en désignant l'endroit où se trouvait sa voiture. Je te retrouve au restaurant. Tu peux m'indiquer l'adresse ?

— Non. C'est un secret. Nous allons prendre ma voiture. Nous récupérerons la tienne plus tard.

— D'accord.

À ce moment-là, elle était si heureuse qu'elle aurait suivi Mason n'importe où sans broncher.

Arrivé à son SUV, Mason lui ouvrit la portière et l'aida à s'installer, en un geste galant auquel les hommes qu'elle avait fréquentés ne l'avaient pas habituée. L'espace d'un instant, leurs visages furent si proches l'un de l'autre qu'elle sentit son souffle tiède sur sa joue. Allait-il l'embrasser ? Elle en brûlait d'envie. Mais non. Il recula et alla s'installer au volant, pour prendre une direction inconnue d'Annie.

— Tu ne veux toujours pas me dire où tu m'emmènes ?

— Non. Sinon, ce ne serait plus une surprise.

— En fait, je pensais que venir me chercher au bureau, c'était ça, la surprise.

— Ça en fait partie.

— Inutile d'essayer de te tirer les vers du nez, n'est-ce pas ?

— En effet. Mais tu ne vas pas tarder à savoir. À moins de te mettre un bandeau sur les yeux, je ne vois pas comment je pourrais te cacher notre destination encore bien longtemps.

Elle se pinça discrètement pour s'assurer qu'elle ne rêvait pas. Non. Elle était bien réveillée et elle se trouvait en compagnie de Mason, en route pour un restaurant qui, elle le pressentait, allait la ravir.

Ils roulaient depuis un moment sur une route sinueuse qui les conduisait loin des zones urbanisées de Huntington Hills. Les habitations devinrent plus clairsemées et le béton des villes céda la place à un paysage champêtre. Alors, elle sut où Mason l'emmenait dîner.

— Nous allons au Chêne, dit-elle dans un souffle.

— Bravo !

Elle y était venue une fois, avec Dwayne. Mais ce dernier n'ayant pas pensé à effectuer de réservation pour ce restaurant ultra-prisé, ils avaient été refoulés à l'entrée sans même avoir pu regarder à l'intérieur.

Tandis qu'ils arrivaient aux abords de la propriété, Annie reconnut le domaine viticole au milieu duquel trônait la bâtisse partiellement recouverte de lierre qui fut un jour l'aile d'un château à la française.

— Tu as dû t'y prendre à l'avance, j'imagine, pour avoir une table.

— Oui.

Ce qui signifiait qu'il y avait eu préméditation ! Cette idée la réjouit intérieurement.

Il se gara sur le parking de l'établissement, puis, fidèle à lui-même, sortit le premier pour venir lui ouvrir la portière. Lorsqu'elle fut descendue de voiture, il plaça une main au creux de son dos et la conduisit ainsi jusqu'à l'entrée. Ils furent accueillis par le maître d'hôtel, qui les mena aussitôt à leur table, que Mason avait pris la peine de réserver dans une alcôve, plus intime. La paire de chandeliers qui agrémentait la table amena un sourire amusé sur les lèvres d'Annie.

Dès qu'ils furent assis, une serveuse arriva.

— Je m'appelle Shelly, se présenta-t-elle en souriant. Prendrez-vous un apéritif ?

Mason consulta la carte des vins et choisit une bouteille

de vin de Bordeaux, que Shelly leur apporta quelques instants plus tard.

— Si nous trinquions aux bonnes surprises ? suggéra-t-il en levant son élégant verre à pied en cristal, à demi rempli.

Annie opina puis heurta délicatement son verre contre celui de Mason.

— Tu as mis la barre très haut, fit-elle remarquer. Je ne vois pas trop ce que je pourrais faire pour égaler ton imagination.

Elle marqua une pause pour prendre une gorgée de son vin. Jamais, elle n'avait savouré un tel bouquet.

— Il est délicieux, commenta-t-elle, incroyablement bon… Merci, Mason. Merci pour tout !

— Je te dois des excuses.

— Pour m'avoir invitée dans cet endroit de rêve ?

— Non. Pour ne pas t'y avoir amenée plus tôt.

— Tu ne peux pas dire ça, Mason.

— Si.

Il accrocha son regard et elle y vit danser deux petites flammes, semblables à celles des bougies des chandeliers.

— Tout a été tellement précipité ! poursuivit-il. La maison, le mariage, notre première nuit. Tout est allé si vite ! Nous n'avons pas pris le temps.

— Est-ce une manière détournée de me faire comprendre que tu as des doutes ?

Une boule familière se forma au creux de son ventre, tandis qu'elle lui demandait :

— Aurais-tu des regrets, Mason ?

— Non ! s'empressa-t-il de répondre. Bien sûr que non !

— Quoi alors ?

— Je veux juste me faire pardonner.

— Et moi, j'essaie de te faire comprendre ce que je

ressens. J'ai fait tout le contraire de ce que je voulais, Mason.

— Moi aussi. Il y a eu des tensions entre nous et j'en suis seul responsable. J'espère que nous saurons redémarrer sur de nouvelles bases à partir de maintenant.

Ils interrompirent leur discussion à l'arrivée de Shelly, venue prendre leur commande : un bar grillé pour elle et une sole meunière pour lui.

— Êtes-vous ici pour une occasion spéciale ? demanda la serveuse.

— Non, répondit Annie.

— Oui, répondit Mason au même moment. Nous venons juste de nous marier. Nous sommes parents de jumeaux et nous n'avons pas eu le temps de partir en voyage de noces. Alors oui, nous sommes venus dîner ici pour célébrer une occasion spéciale.

— Félicitations, s'exclama Shelly. Vos jumeaux, ce sont des garçons ou des filles ?

— Un garçon et une fille, répondit Mason avec une note de fierté dans la voix. Ce soir, c'est aussi l'occasion de fêter notre merveilleuse famille.

— C'est tellement touchant ! J'adore les initiatives romantiques !

Moi aussi.

Lorsqu'ils furent de nouveau seuls, Annie s'éclaircit la gorge, encore toute nouée d'émotion, et relança la discussion sur Halloween.

— Alors, cette logistique ? Nous devions en reparler, tu te rappelles ?

— Oui. Finalement, nous pourrions faire appel à mes parents. Ils pourraient rester chez nous pour distribuer des bonbons aux enfants qui viendront, pendant que nous, nous sortirions ensemble avec les jumeaux pour aller en chercher chez les voisins. De toute façon, ils sont encore tout petits. L'opération ne devrait pas prendre des heures.

Elle opina, enthousiaste.

— Ce serait un geste symbolique et la promesse de futures traditions familiales.

— Cette idée me plaît beaucoup.

Le dîner se déroula entre rires et émotion. Tout fut délicieux, le service se révéla impeccable et, attention ultime, Shelly leur servit en dessert deux parts de *cheesecake* couronnées de framboises, gracieusement offertes par la maison.

Quand Mason eut payé la note, ils sortirent, légèrement grisés mais ravis de leur soirée. Annie ne se souvenait pas avoir déjà ressenti un tel bonheur. Elle irradiait en marchant vers la voiture.

— Merci, Mason, dit-elle encore une fois. J'ai passé une soirée merveilleuse. J'ai l'impression d'être Cendrillon. Une Cendrillon qui aimerait que son carrosse ne redevienne pas citrouille si elle tarde à rentrer.

— Nous avons toute la nuit devant nous, Annie.

— Mais les jumeaux… Il faut bien passer les récupérer chez tes parents !

— Ma mère a proposé de les garder toute la nuit. Je n'ai pas hésité longtemps avant d'accepter, tu peux me croire !

Elle sourit, ravie.

— Pour information, je ne suis pas fatiguée du tout, s'amusa-t-elle.

Mason afficha un air faussement contrit.

— J'avoue que j'ai été plutôt maladroit, ce soir-là.

— N'en parlons plus. C'est du passé.

Sur ces mots, elle se lova dans ses bras et lui offrit ses lèvres entrouvertes.

— Et maintenant, décida-t-elle lorsqu'il l'eut gratifiée d'un baiser ardent, ramène-moi à la maison.

— Cette voiture ne peut pas aller plus vite ? s'enquit Annie, incapable de cacher son impatience.

— Je pourrais accélérer, répondit Mason, mais ce serait prendre le risque de se faire arrêter par la police et embarquer au poste. Je ne sais pas toi, mais en ce qui me concerne, passer la nuit dans un commissariat ne figure pas sur la liste de mes projets.

— Tu as raison.

Elle tourna la tête vers lui et admira son profil de médaille. Mason était beau, certes, mais ce qu'il avait fait ce soir révélait une beauté intérieure qui accentuait encore son capital séduction.

— Mason ?

— Oui ?

— Au cas où j'oublierais de te le dire plus tard, je veux que tu saches que c'est la surprise la plus agréable qu'on m'ait jamais faite. Personne ne s'est montré aussi attentionné ni aussi prévenant avec moi.

— Et ce n'est pas fini. Je suis plein de ressources, tu sais.

Il avait parlé d'un ton taquin qui retint toute son attention.

— Que veux-tu dire ?

— Rien de particulier.

— Tu me caches quelque chose, insista-t-elle, au comble de la curiosité.

— Tu es bien impatiente.

— S'il te plaît, Mason, dis-moi !

— Non.

— Tu ne peux pas me laisser dans cet état !

— Tu me remercieras plus tard, assura-t-il en lui souriant.

— Je n'ai plus qu'à te faire confiance et à attendre, alors ?

— Exactement.

Accorder sa confiance était une chose qu'elle avait encore beaucoup de mal à faire. Tout le monde autour d'elle l'avait trahie à un moment ou à un autre de son existence.

Tout le monde, à l'exception de Jess. Malheureusement, celle-ci aussi l'avait quittée. Pas par choix, bien sûr, cela avait été la volonté du destin. Pour ce qui était de Mason, elle mourait d'envie de faire enfin l'amour avec lui. Elle allait se donner à lui parce qu'elle le voulait, mais de là à lui ouvrir son cœur et à lui vouer une confiance aveugle, il y avait un pas qu'elle n'était pas près de franchir.

— Tu n'as plus très longtemps à attendre, maintenant, poursuivit-il d'une voix un peu rauque. Nous allons bientôt arriver à la maison.

La vague de désir la submergea tout entière à ces mots. Elle avait rêvé de ce moment depuis l'instant où Mason avait franchi sa porte, même si, alors, elle n'en avait pas eu pleinement conscience.

— Tu ne crois pas que nous devrions appeler ta mère pour prendre des nouvelles des petits ? demanda-t-elle lorsqu'ils furent arrivés devant chez eux.

— Je m'en occupe tout de suite.

Il sortit son téléphone portable de sa poche et prit connaissance d'un message qui s'y était affiché.

— Elle nous a envoyé un SMS.

— Que dit-elle ?

« Inutile d'appeler. Les enfants vont bien. Je vous passerai un coup de fil demain », lut-il tout haut.

— Elle savait que nous allions nous inquiéter, souligna Annie.

— C'est normal. C'est viscéral, chez une mère.

Rassurée, elle fouilla son sac et en sortit son trousseau de clés, qu'elle lui tendit d'une main fébrile.

— Il me tarde de découvrir ce qui m'attend, dit-elle d'une voix non moins impatiente.

En guise de réponse, Mason la prit par la main et entrecroisa leurs doigts. De sa main libre, il déverrouilla la porte et l'ouvrit en grand.

— Surprise ! s'écria-t-il.

Le cœur d'Annie fondit de tendresse lorsqu'elle découvrit le chemin de pétales de roses qui tapissait le sol jusqu'à la chambre. Dans celle-ci, sur une commode ancienne, était disposé un plateau chargé de deux flûtes et d'un seau à glace dans lequel était plongée une bouteille de champagne.

— Oh ! Mason… Tu es incroyable ! s'exclama-t-elle dans un souffle, le cœur battant. Si je m'étais attendue à passer une telle soirée, ajouta-t-elle comme pour elle-même. Tu avais raison, tout à l'heure, de vouloir calmer mon impatience. Je t'en suis reconnaissante.

Ces mots semblèrent rassurer Mason, qui afficha un sourire radieux où transparaissait une pointe de fierté.

— Je suis content que cela te plaise, dit-il. Je craignais tellement de me tromper…

— Crois-moi, tu ne t'es pas trompé du tout ! rétorqua-t-elle. Au contraire, tu ne pouvais pas me faire plus plaisir !

Elle posa ses deux mains à plat sur le torse de Mason et riva son regard au sien.

— Si tu as pu croire que j'étais fatiguée le soir du mariage, je peux t'affirmer que là, au moment où je te parle, je ne le suis pas.

Il esquissa un sourire penaud en même temps qu'il l'enlaçait pour l'attirer étroitement contre lui.

— Tu n'es pas près d'oublier cette bourde, n'est-ce pas ?

— Disons que les pétales de roses et cette bouteille de champagne vont largement contribuer à te faire pardonner.

— Dans ce cas…

Il se pencha vers elle et prit ses lèvres en un baiser tendre qui, très vite, prit la couleur d'une passion qu'ils contenaient tous les deux depuis trop longtemps. Leurs bouches s'entrouvrirent et leurs langues se mêlèrent, tandis que le feu du désir enflammait leurs deux corps.

Leurs bouches toujours scellées l'une à l'autre, ils

entreprirent de se dévêtir mutuellement de leurs mains impatientes. Elle fit glisser le long des bras de Mason son blouson qu'il laissa tomber au sol, puis défit les boutons de sa chemise, dévoilant ainsi son torse puissant, qu'elle caressa du plat de la main, incapable de résister à la tentation.

— Tu es en avance sur moi, laissa-t-il échapper dans un souffle.

— Y vois-tu un inconvénient ?

— Pas du tout. Et même, pour être plus clair, je ne m'en plaindrai jamais.

Sur ces mots, les yeux rivés à ceux d'Annie, il lui prit la main et porta à sa bouche son index, qu'il se mit à sucer avec sensualité.

— Tu es encore beaucoup trop habillée, dit-il.

— Que comptes-tu faire pour remédier à ce problème ? demanda-t-elle d'une voix aguicheuse, tout en défaisant la ceinture du pantalon de Mason.

— Je vais t'aider à te déshabiller, répondit-il.

Joignant le geste à la parole, il la fit tourner sur elle-même, de sorte qu'elle se retrouve dos contre lui.

Sans attendre, elle se débarrassa de son fin gilet en maille, mais laissa à Mason le soin de faire glisser la fermeture Éclair de sa robe, ce qu'il fit en prenant tout son temps. Puis il en écarta les pans et couvrit le dos d'Annie de baisers qui l'électrisèrent tout entière.

Elle se plia avec délice à cette douce torture puis, quand elle ne put plus y tenir, elle retira tout à fait sa robe et pivota pour se retrouver face à Mason, vêtue de ses seuls sous-vêtements en dentelle, mais toujours chaussée de ses hauts escarpins noirs.

— Tu es si belle, lui susurra-t-il à l'oreille d'une voix étranglée de désir.

Il posa les mains sur sa taille, dont il caressa la chair

tendre et douce, avant de les faire remonter jusque sous ses seins.

Le besoin de se retrouver contre lui complètement nue devint alors si violent qu'Annie dégrafa elle-même son soutien-gorge, qui alla rejoindre les autres vêtements épars sur le sol. Puis elle saisit les mains de Mason et les posa sur ses mamelons aux pointes dressées. Ce contact fut si délicieux qu'elle ferma les yeux pour mieux le savourer.

Lorsqu'elle sentit la bouche de Mason se refermer sur un de ses tétons, puis le sucer avec force, elle crut bien que ses jambes allaient se dérober sous elle.

— Je te veux, maintenant ! le supplia-t-elle dans un souffle.

Sans un mot, les yeux rivés sur elle, il se débarrassa du reste de ses vêtements, puis rejeta les couvertures d'un geste rapide. Elle se déchaussa et le laissa l'étendre délicatement sur le lit puis lui retirer son string, qu'il fit rouler lentement le long de ses jambes, puis de ses chevilles. Ensuite, il se positionna entre ses cuisses, qu'elle avait largement ouvertes pour lui, et lui couvrit le visage de baisers humides.

— Mason, s'il te plaît. Je ne peux plus attendre… Prends-moi !

Docile, il la pénétra avec délicatesse, avant de faire aller et venir en elle son sexe aussi dur que du bois. Le plaisir inonda Annie. Soudain, contre toute attente, Mason s'interrompit brutalement.

— Qu'y a-t-il ? demanda-t-elle.

— Les préservatifs…

— Bon sang… Je n'y pensais plus.

— Moi si. Pas de panique…

Il roula sur le côté et tâtonna dans le tiroir de sa table de nuit pour en sortir une boîte contenant plusieurs étuis.

Il en saisit un qu'il déchira, puis il déroula le préservatif sur sa verge en érection.

— Où en étions-nous ? Ah oui…

La seconde d'après il s'enfonçait de nouveau en elle. Elle enroula les jambes autour de sa taille et commença à onduler sous lui.

Elle s'abandonna alors sans retenue au plaisir intense qu'il lui prodiguait. Ensemble, ils se laissèrent emporter dans un tourbillon de volupté qui les conduisit bien loin des rivages de la réalité, où ils revinrent bien plus tard, pantelants comme deux naufragés.

Ils se blottirent alors l'un contre l'autre, membres enchevêtrés, haletants et heureux.

Annie n'avait jamais été aussi comblée. Elle avait beau vouloir s'en défendre, elle sentait affleurer des sentiments sur lesquels elle préférait ne pas mettre de nom.

Aujourd'hui, elle avait tout ce dont elle avait rêvé. Mason avait joué de son corps comme d'un instrument de musique.

Elle ne s'en plaignait pas, loin de là. En revanche, elle se méfiait encore. C'était bon, mais il ne fallait surtout pas s'attacher.

Son cœur pouvait lui jouer des tours.

13

Annie ne croyait pas à la perfection.

Pour elle, une certaine sérénité était ce qui s'assimilait le plus à l'idée qu'elle s'en faisait. Aussi avait-elle quelques réticences à apprécier pleinement la vie qu'elle menait avec Mason depuis une semaine, depuis qu'il était venu sans prévenir à son bureau pour l'emmener dîner dehors, puis lui faire vivre une première nuit inoubliable.

Pourtant, malgré ses craintes de voir ce château de sable s'écrouler d'un coup, le rêve se poursuivait. En dehors de leur travail respectif et des jumeaux, ils se débrouillaient pour passer le plus de temps possible ensemble. Bien sûr, elle n'avait pas parlé de ses craintes à Mason, car il y avait fort à parier qu'il lui aurait ri au nez.

Pourtant, en ce jour si important pour eux, puisqu'ils devaient se rendre au tribunal, où le juge aux affaires familiales devait statuer sur le sort de Mason, elle ne pouvait empêcher une petite voix intérieure de lui murmurer que tout cela n'allait pas durer.

Elle sourit à Sarah qui, pendant qu'elle la changeait, jouait sagement avec son ours en peluche.

— Ton papa est ton papa, pas vrai ? Je ne vois pas ce qui pourrait changer ça.

Comme en réponse, Sarah se lança dans un long babil qu'elle seule pouvait comprendre.

— Je sais. Je suis ridicule et ton papa dirait la même chose. C'est juste que je me sens un peu nerveuse. Alors, voyons quelle tenue nous allons choisir… Il faut que nous fassions bonne impression au juge, tu comprends ?

Elle commença par lui enfiler une paire de collants en laine blancs, puis lui mit une robe à smocks imprimée de petites fleurs roses et, enfin, la chaussa de ballerines, blanches elles aussi. Pour parfaire la tenue, elle la coiffa d'un bandeau qui, en retenant en arrière ses bouclettes blondes, accentuait le bleu de ses yeux. Pour une fois, semblant comprendre l'importance de la situation, la fillette ne chercha pas à s'en débarrasser.

De nouveau, Annie se sentit saisie d'une affreuse appréhension. Tout était trop parfait.

— Ma chérie, tu vas encore dire que je suis stupide, mais j'ai un mauvais pressentiment, dit-elle pour conjurer le sort.

Elle poussa un long soupir puis, sa fille dans les bras, alla retrouver Mason et Charlie, qui les attendaient dans le salon. Elle remarqua que Mason tenait leur petit garçon plus serré que d'habitude. Son visage était grave et – crut-elle deviner – anxieux.

— Tu es inquiet, pointa-t-elle.

— Moi ?

— Oui, toi. Tu es inquiet d'aller tribunal.

— Inquiet, non. Je dirais plutôt nerveux. Il faut dire que, à moins d'y travailler, personne n'aime se rendre dans un tel endroit.

— Mais ton avocat t'a dit que c'était une simple formalité. Tous les papiers sont en règle.

— Tu as raison. Alors pourquoi est-ce que tu ne souris pas ?

— Toi d'abord.

Juste à cet instant, Charlie gazouilla quelque chose qui

ressemblait à « pa-pa », en même temps qu'il tapotait le bras de son père de sa petite main potelée.

— Tu vois ? fit Annie. Il n'est pas inquiet, lui.

— Je crois surtout qu'il réclame un biberon. Tu ne trouves pas qu'il a pris du poids, ces temps-ci ?

— Si. J'avais remarqué. Il devient plus fort, alors que sa sœur reste petite et délicate.

— Elle est magnifique. Comme toi.

L'espace d'un bref instant, il passa dans son regard quelque chose qui n'était pas de l'anxiété.

— C'est une nouvelle robe ?

Elle abaissa les yeux sur la robe chemise noire ceinturée à la taille et surpiquée de blanc qu'elle portait et à laquelle elle avait assorti une paire de chaussures noires à talons hauts. Une tenue qu'elle avait jugée élégante mais pas trop apprêtée.

— Oui, et les chaussures aussi sont nouvelles. Qu'en penses-tu ? Nous allons faire bonne impression à ce juge ?

— Sans doute. Mais la justice est censée être impartiale. Je ne pense pas que le choix de nos vêtements va influencer la décision du juge.

— Tu veux dire par là que je suis ridicule ?

— C'est toi qui le dis.

— Tu vois, ma chérie ? dit Annie, faussement fâchée, en s'adressant à sa fille. Je te l'avais bien dit que ton papa me trouverait stupide.

Mason s'approcha aussitôt d'elle et passa un bras autour de sa taille, en un geste tendre et protecteur.

— Tu es la personne la plus intelligente que je connaisse, lui assura-t-il. Cependant, j'aimerais te voir cultiver un peu plus de légèreté et d'insouciance.

— Voilà que je suis trop sérieuse, maintenant ! le taquina-t-elle.

— Mais non ! Tu es parfaite.

— Je ne crois pas, non. Je suis même loin de l'être.

— Je maintiens ce que j'ai dit. Mais pressons-nous un peu si nous ne voulons pas arriver en retard.

— D'accord. Allons-y !

Ils effectuèrent en silence le trajet jusqu'au palais de justice, qui se trouvait dans un quartier ancien de la ville. L'avocat de Mason, Cole Brinkman, les retrouva dans le hall du tribunal.

— Je dois vous prévenir que d'autres parents seront dans la salle, dit-il. Il risque d'y avoir un peu d'attente.

— Ces gens seront là avec leurs enfants, eux aussi ? demanda Annie, qui s'inquiétait de voir les jumeaux commencer à s'agiter sérieusement.

— Oui, répondit Cole en souriant. Il y aura pas mal de bruit, c'est sûr !

— Me voilà rassurée.

— Si vous voulez bien me suivre. Il est l'heure de vous présenter devant le juge Downey. La salle est au bout de ce couloir.

Ils lui emboîtèrent le pas et s'arrêtèrent devant une impressionnante porte en bois massif. Mason tint l'un des battants ouvert pour permettre à Annie de passer avec la poussette des jumeaux. Cole n'avait pas menti. Dans la salle se trouvaient déjà une dizaine de couples attendant leur tour, accompagnés d'enfants plus ou moins turbulents.

Ils s'installèrent au premier rang et, quelques minutes plus tard, un homme d'âge respectable fit son entrée et se dirigea d'un pas vif vers la tribune. Il portait la robe noire des magistrats et Annie comprit qu'il devait s'agir du juge Downey, ce que confirma presque aussitôt une femme aux cheveux blancs en uniforme.

— Mesdames et messieurs, bonjour, commença le juge. Compte tenu du nombre de parents qui se trouvent dans cette salle, nous allons faire en sorte que les choses se passent rapidement. Les enfants n'ayant pas une très grande capacité d'attention, je m'efforcerai d'être le plus bref possible.

Il appela un premier couple, un homme et une femme qui étaient l'oncle et la tante d'un garçon dont les parents avaient été arrêtés pour trafic de stupéfiants au cours d'une descente de police. L'enfant était né en prison et la famille avait déposé une requête en justice pour en avoir la garde exclusive. Annie les entendit plaider l'amour qu'ils portaient à cet enfant et l'environnement stable qu'ils pourraient lui procurer, mais après les avoir écoutés sans les interrompre, le juge déclara vouloir privilégier les parents biologiques. Le couple n'aurait donc que la garde provisoire de leur neveu.

Dieu merci, le cas de Mason était beaucoup plus simple, se dit-elle pour se rassurer.

Elle détacha Charlie, qui commençait à montrer des signes d'impatience, et le tendit à Mason tandis qu'elle libérait à son tour Sarah, qui ne supportait visiblement pas de rester attachée quand son frère ne l'était plus.

Voyant les procédures traîner en longueur, Annie sortit de son sac à langer des biberons d'eau et des jouets, qu'elle tendit aux jumeaux. Toutefois, ils s'en lassèrent très vite. La fatigue prenait le dessus, en même temps que l'énervement. Heureusement, ils n'eurent pas à attendre plus longtemps : c'était leur tour de se présenter.

— Vous avez une belle famille, docteur Blackburne, dit le juge avec un sourire bienveillant.

— Merci, rétorqua Mason, tout en caressant tendrement le dos de Charlie.

— Je vois passer beaucoup de cas ici, reprit le juge, et certains sont bouleversants. À chaque fois, je me dois de privilégier l'intérêt de l'enfant. Je prends des décisions qui vont changer à jamais la vie de dizaines de personnes.

Malheureusement, pas toujours dans le sens qui plairait aux adultes.

Un nœud se forma à ces mots dans le ventre d'Annie. Le juge Downey était-il en train de les préparer au pire ? Allait-il se produire quelque chose que personne n'avait prédit ?

Mais non. Le juge leur adressa un nouveau sourire empli de bienveillance, puis il continua :

— Dieu merci, vous ne faites pas partie de ces cas de figure aussi compliqués que délicats ; d'autant que les faits parlent d'eux-mêmes : les tests ADN prouvent bien que vous êtes le père biologique de Charles et Sarah Campbell, ce qui vous conforte dans vos droits légaux.

— Merci, monsieur le juge, déclara Mason d'un ton solennel, mais qu'Annie devina plein d'émotion.

— Votre avocat m'a fait également parvenir votre requête concernant le changement de nom de famille des enfants. C'est accordé.

— Et c'est tout ?

Annie n'avait pu s'empêcher d'exprimer tout haut ce qu'elle ressentait.

— Oui, c'est tout, confirma le juge en souriant. Je voudrais bien que toutes les affaires que je traite soient aussi simples que la vôtre, croyez-le bien ! Félicitations !

— Merci encore, Votre Honneur, dit Mason qui, à présent, ne dissimulait plus son soulagement.

À la sortie du tribunal, Cole les photographia tous les quatre avec le téléphone portable de Mason. Leur première photo de famille, songea Annie avec émotion.

Puis parents et enfants regagnèrent la voiture, heureux et détendus.

— Nous portons tous le même nom de famille maintenant, déclara Mason avec une pointe de fierté dans la voix.

Elle opina, submergée de bonheur. Elle s'était inquiétée à tort.

Elle débordait d'une joie tellement intense qu'elle n'avait pas les mots pour l'exprimer. La dernière pièce du puzzle avait trouvé sa place, mais elle peinait encore à y croire. Elle avait fini par vaincre tous les obstacles, par avoir ce dont elle avait toujours rêvé : une famille.

Sur le papier comme dans la réalité, sa vie touchait-elle enfin à la perfection ?

Au volant de sa voiture, Mason avait l'impression de flotter sur un nuage. Depuis qu'on lui avait communiqué les résultats du test ADN, il avait toujours été présent pour ses enfants. Il les avait nourris, il avait appris à les changer, il les avait bercés. Et il avait fait tout cela parce qu'il les aimait. Mais il y avait quelque chose d'extrêmement fort dans l'idée que ses enfants allaient porter son nom. Désormais, personne ne pourrait les lui enlever. Aux yeux de la loi, il avait un statut légal.

— Si tu savais à quel point je suis heureux ! dit-il, tant il avait envie de partager son exaltation avec Annie.

— Je crois que je me doute un peu, rétorqua-t-elle en souriant.

— C'est curieux, mais même si ce test ADN était bien la preuve que Charlie et Sarah sont mes enfants, je suis rassuré que la justice l'ait reconnu. Je me sens soulagé d'un poids énorme.

— Tant mieux, docteur Blackburne, parce que nous avons encore une longue route à faire ensemble.

— J'en suis si heureux, Annie ! Je ne voudrais partager ma vie avec personne d'autre que toi !

— Merci, Mason. Tu es adorable. Je ressens exactement la même chose.

Il lui coula un regard en biais, admirant encore la nouvelle robe qu'elle portait et qu'il brûlait de lui retirer. Mais avant d'en arriver là, il leur fallait coucher les jumeaux pour une sieste bien méritée. Comme ces petits gestes du quotidien lui semblaient merveilleux ! Il se fit la promesse de toujours garder en tête que rien n'était jamais acquis et que ce bonheur que la vie lui accordait, il devrait se battre pour ne pas le perdre.

Annie semblait heureuse, elle aussi. Tous deux s'entendaient à merveille et il aimait qu'elle n'attende pas de lui des déclarations d'amour enflammées. Pourtant, même s'il restait réticent à exprimer les sentiments qu'il lui portait, il s'était surpris à plusieurs reprises à retenir le « Je t'aime » qui lui montait aux lèvres. À quoi bon prendre le risque de tout gâcher quand tout allait pour le mieux ?

— Nous sommes presque arrivés chez nous, annonça-t-il. Chez nous, répéta-t-il, à la maison : c'est une notion qui me rend aussi très heureux.

— Un peu comme si nous étions bénis des dieux ?

— C'est exactement cela, répondit-il sans la moindre hésitation.

Ils roulèrent encore un court instant et, lorsqu'ils furent arrivés, Mason reprit :

— Je ne te paraîtrais pas trop ringard si je te disais que j'ai l'impression que nous vivons le premier jour du reste de nos vies ?

— Peu importe que ce soit ringard ou pas. J'éprouve la même chose que toi. Qui pourrait s'imaginer que, derrière le médecin militaire un brin psychorigide, se cache un homme aussi sensible ?

— Ce sera notre secret, commenta-t-il d'un ton taquin. J'ai une mauvaise réputation à entretenir, figure-toi !

Sur ces mots, il lui prit la main et la porta à ses lèvres pour en embrasser tendrement la paume.

Elle lança un coup d'œil attendri aux jumeaux, assis dans leurs sièges-auto à l'arrière.

— Les enfants dorment comme des anges, dit-elle. Un tour en voiture : il n'y a pas meilleur moyen de les endormir.

— Tu crois que nous pourrions les coucher dans leur lit sans qu'ils se réveillent ?

— Je n'en sais rien, mais, sachant que nous devons nous occuper d'eux avant de les coucher, les chances sont réduites à zéro, docteur Blackburne.

— Très bien. Dans ce cas, je me charge de Sarah et du sac à langer. Toi, tu t'occupes de Charlie.

Il comprit qu'il avait parlé sur un ton un brin autoritaire, mais elle ne parut pas s'en offusquer. Peut-être aimait-elle, tout comme lui, qu'il agisse en chef de famille, au sens strict du terme.

Synchronisant leurs efforts, ils sortirent les enfants de la voiture, entrèrent dans la maison, les changèrent puis leur donnèrent un biberon avant de les coucher, chacun dans son petit lit.

— Tout s'est merveilleusement bien passé, souligna Mason. Tu crois que c'est parce qu'aujourd'hui est un jour à marquer d'une pierre blanche ?

— Ils étaient surtout très fatigués de leur journée, rétorqua-t-elle. Ou alors, c'est que nous pouvons compter sur notre bonne étoile.

— Comme tout se passe au mieux sur le front, verrais-tu un inconvénient à ce que je sorte un moment ?

— Non, bien sûr. Mais n'est-ce pas indiscret de te demander où tu comptes aller ?

— Je veux annoncer la bonne nouvelle à mes parents.

— Bonne idée ! Ils seront tellement heureux ! Pendant ce temps, je vais profiter de ce que les enfants dorment pour travailler un peu.

— Très bien. J'y vais. Je n'en ai pas pour longtemps.

— Ne t'inquiète pas pour moi. Prends ton temps.

Il acquiesça d'un hochement de tête, puis allait pivoter pour sortir lorsqu'il se ravisa. Il se retourna vers elle, l'attira à lui et lui donna un baiser qui, instantanément, alluma en eux le feu du désir.

— Tu es bien certaine de vouloir travailler ? s'enquit-il d'une voix devenue rauque.

— Oui. Désolée, mais Bob présente notre projet au client demain et je dois tout repasser en revue. Je ne peux négliger aucun détail. Je veux que tout soit parfait, tu comprends ?

— Oui, bien sûr. Et puis, de toute façon, il faut vraiment que j'aille annoncer la bonne nouvelle à mes parents.

— Va vite !

— À tout à l'heure. Annie, je…

— Oui ?

— Je ne serai pas long. Mais si tu as besoin de moi, n'hésite pas à m'appeler.

Sur ces mots, il se pressa vers la porte et effectua dans un état second le court trajet qui le séparait de chez ses parents. Lorsqu'il arriva, il remarqua que seule la voiture de sa mère était garée dans l'allée.

Florence l'accueillit comme toujours avec un large sourire.

— Mason ! Quelle bonne surprise ! Je ne m'attendais pas à te voir ici aujourd'hui. Mais entre vite !

— Merci, maman.

— Veux-tu boire un café ou un thé ? Veux-tu grignoter quelque chose ?

— À vrai dire, je meurs de faim. Je n'ai pas déjeuné.

— Viens, allons à la cuisine. Je vais te préparer quelque chose.

Sans attendre, elle lui confectionna un sandwich au poulet, qu'elle agrémenta de fines tranches de cornichons à l'aneth, les préférés de Mason. Il s'installa sur l'un des tabourets qui encadraient l'îlot central et commença à dévorer son sandwich, sous l'œil attentif de sa mère.

— Comment se fait-il que tu n'aies pas déjeuné ? demanda cette dernière. Tu étais à l'hôpital ? Je croyais que tu ne devais pas travailler aujourd'hui.

— En effet, je n'ai pas travaillé. Mais ça a été un grand jour, maman. Annie et moi étions au tribunal avec les jumeaux.

— C'était aujourd'hui ? s'étonna-t-elle sur un ton teinté de reproche. Mais pourquoi ne me l'as-tu pas dit ? Je vous aurais accompagnés.

— C'est bien pour cela que j'ai préféré ne rien dire. On ne sait jamais. Si cela avait mal tourné…

— Il y avait peu de chances, tout de même. Ton avocat t'avait bien assuré qu'il n'y aurait aucun problème.

— C'est vrai, mais je ne voulais pas prendre le risque, plaida-t-il d'un air penaud. Je sais à quel point une mauvaise nouvelle t'aurait affectée.

— Je l'admets, mais dans les moments difficiles, je sais aussi me montrer réconfortante, se défendit-elle. Et être de bon conseil. Tu aurais pu avoir besoin de moi.

— Maman, tu tiens vraiment à continuer sur ce terrain ou tu veux savoir comment cela s'est passé ?

— Je veux savoir, bien sûr. Allez, vas-y. Raconte-moi !

Il lui adressa un sourire radieux, puis annonça d'une voix claire :

— Charlie et Sarah portent désormais le nom des Blackburne.

— Oh ! mon chéri ! s'exclama-t-elle en le serrant entre ses bras. C'est une merveilleuse nouvelle ! Félicitations !

— Je suis tellement heureux, maman !

— Quand je pense que, si tu m'en avais laissé l'occasion, j'aurais pu assister à cette scène.

— S'il te plaît, maman, laisse tomber, tu veux bien ? J'ai fait ce que je pensais être le mieux pour toi. Je n'ai pensé qu'à te protéger.

— Je m'en remettrai, ne t'inquiète pas, assura-t-elle avec un large sourire. J'ai tellement hâte d'annoncer la bonne nouvelle à ton père. À moins que tu ne veuilles absolument t'en charger toi-même ? Histoire de le protéger, lui aussi, ajouta-t-elle en lui adressant un clin d'œil de connivence.

— Je m'en voudrais de te priver de ce plaisir, rétorqua-t-il sur le même mode de la plaisanterie.

Il se laissa glisser de son tabouret et alla jeter son assiette en carton à la poubelle.

— Il est temps que je me sauve, dit-il. Je dois rentrer retrouver Annie et les enfants, mais avant ça, je voudrais passer au supermarché acheter une bouteille de champagne.

— Tu as raison. Il faut absolument que vous fêtiez cela.

Elle marqua une pause, durant laquelle elle serra de nouveau son fils contre elle.

— Je suis si heureuse pour toi, Mason ! Après tout ce que tu as traversé, il semble que des jours meilleurs se profilent enfin.

— Merci, maman.

— Embrasse bien Annie et les jumeaux pour moi, ajouta-t-elle en le raccompagnant à la porte. Dis aux enfants que leur grand-mère viendra les voir très bientôt.

— Je n'y manquerai pas.

Une fois dehors, il courut presque jusqu'à sa voiture et fit, comme prévu, une brève halte pour acheter le champagne. Il avait tellement hâte de rentrer chez lui retrouver sa famille !

Lorsque son téléphone portable sonna, il décrocha aussitôt, certain d'entendre la voix d'Annie lui demandant de rapporter un paquet de couches ou une boîte de lait maternisé.

Mais ce n'était pas elle.

— Docteur Blackburne ? fit une voix qu'il ne connaissait pas.

— Oui ?

— Je vous appelle du laboratoire. Vous avez récemment effectué chez nous un test ADN, n'est-ce pas ?

Le cœur de Mason se serra d'appréhension.

— Oui. Qu'y a-t-il ?

Son interlocutrice observa quelques secondes d'un silence pesant, avant de répondre :

— Eh bien, je suis désolée d'avoir à vous annoncer une telle nouvelle, mais en fait, les résultats que nous vous avons communiqués ne sont pas les bons. Une convocation au tribunal vous concernant a nécessité de nouveaux contrôles et il s'est avéré que vos résultats et ceux d'un autre client ont été intervertis. Il n'y a plus d'erreur possible.

Mason raccrocha et resta immobile au volant de sa voiture jusqu'à ce que l'affreuse vérité pénètre véritablement son esprit.

Il n'était pas le père de Charlie et Sarah.

14

Annie garda les yeux fixés sur son téléphone, comme s'il s'agissait d'un objet étrange qu'elle tenait entre les doigts et dont elle aurait voulu se débarrasser au plus vite. Le laboratoire qui avait procédé au test ADN de Mason venait de l'appeler pour lui annoncer une mauvaise nouvelle. Mason n'était pas le père biologique des jumeaux.

Elle ne pouvait même pas imaginer dans quel état Mason devait se trouver. Elle lança un bref coup d'œil à sa montre. Il ne tarderait plus, ils allaient pouvoir en parler. Elle le rassurerait.

Mais les minutes passèrent, puis les heures, et Mason ne rentrait toujours pas. Elle l'appela à maintes reprises, il ne prit aucun de ses appels. Elle laissa des messages vocaux, il ne rappela pas. Elle songea à téléphoner à ses parents, mais elle y renonça. Il appartenait à Mason de leur annoncer la nouvelle.

Elle s'occupa des enfants, les fit dîner, leur donna le bain, les recoucha. Ils dormaient profondément et elle n'avait toujours pas de nouvelles de Mason.

Elle faisait les cent pas dans le salon, prête à appeler Florence lorsque, enfin, elle entendit la voiture s'arrêter devant la maison et la porte d'entrée s'ouvrir et se refermer. Elle poussa un soupir de soulagement et courut l'accueillir.

— Mason…

Elle s'apprêtait à aller se jeter dans ses bras, mais s'arrêta net, tant il avait l'air désespéré. Le costume qu'il avait choisi avec tant de soin le matin même était froissé et sa cravate était largement dénouée.

— Mason, où étais-tu ? demanda-t-elle d'une voix infiniment douce.

— Nulle part. J'ai conduit au hasard pendant des heures.

— Tu as eu des nouvelles du labo, bien sûr.

— Bien sûr.

Il posa sur le comptoir en granite une bouteille de champagne qui ne serait probablement pas débouchée.

— En fin de compte, nous nous sommes mariés pour rien.

Ces mots, qu'il avait prononcés d'une voix pleine d'amertume, lui firent l'effet d'une flèche décochée en plein cœur.

— Les raisons pour lesquelles nous nous sommes mariés n'ont pas changé.

— Quelles étaient-elles, déjà ?

— Tu voulais que nous formions une famille et moi aussi. Cette famille, nous l'avons, aujourd'hui.

— Toi, peut-être. Tu es leur tante. Vous êtes du même sang. Moi, en vérité, je ne suis rien pour ces enfants.

— C'est faux, Mason. Tu es bien le père de Charlie et de Sarah. Le sang qui coule dans vos veines n'a rien à voir là-dedans, et les résultats de ce laboratoire n'y changent rien non plus.

— Ils changent tout, au contraire.

— Juste au cas où les enfants auraient besoin d'un rein ou d'une greffe de moelle osseuse, c'est tout. Pour tout le reste, tu es ce que tu as toujours été pour eux depuis que tu as franchi ma porte : leur père. Celui qui les berce quand ils pleurent, qui les nourrit quand ils ont faim, celui qui les protège. Tu fais tout ce qu'un père est censé faire.

— Annie, ce n'est pas aussi simple.

— Si, justement. C'est aussi simple. Tu ressens la même chose que ce que tu as ressenti ce matin au tribunal.

Il laissa éclater un rire où se mêlaient étroitement cynisme, frustration et ressentiment.

— Dommage que cette nouvelle soit arrivée juste après. C'est à croire que le sort nous joue un mauvais tour, encore une fois.

— Que veux-tu dire, exactement ?

— Je veux dire que je dois en informer mon avocat, car cette information change la donne.

— Mason, le père biologique a renoncé à ses droits. Tu te rappelles ? Il ne veut pas de ces enfants.

— C'est ce qu'il a affirmé avant d'avoir les résultats. Maintenant que nous avons la confirmation qu'il est le père, il peut très bien changer d'avis.

Elle soutint sans ciller son regard devenu noir, priant pour trouver les mots justes qui toucheraient son cœur.

— Oublie ces résultats et dis-moi droit dans les yeux que tu n'aimes pas ces enfants. Je veux t'entendre dire que tu ne veux pas être leur père.

— Je…

Il s'interrompit et secoua la tête.

— Ce n'est pas le problème.

— Tu es sérieux ? C'est bien tout le problème, au contraire ! C'est même la seule chose qui compte.

— Je ne suis rien pour eux. J'ai compté l'espace de quelques mois. À ton avis, pourquoi me serais-je soumis à ce test s'il n'avait pas son importance ?

— Il l'est, d'un point de vue médical. Mais il n'a aucun lien avec ce que tu as dans le cœur, Mason. Charlie et Sarah sont tes enfants et ils ont besoin de toi.

— J'ai perdu mes enfants, dit-il comme s'il n'avait pas

entendu ce qu'elle venait de dire. Encore une fois. Et il n'y a rien que nous puissions faire contre cela.

— Je crois que nous devons laisser passer un peu de temps. Cette nouvelle a été un choc pour nous deux. Nous reparlerons de tout cela quand les esprits seront calmés.

— Ce n'est pas compliqué à comprendre, Annie. Le temps ne changera rien au fait que les jumeaux ne sont pas mes enfants.

Ce n'était pas tant les mots de Mason que son regard dur qui fit comprendre à Annie qu'elle ne le ferait pas changer d'avis. Rien de ce qu'elle pourrait dire ne le convaincrait du contraire.

— Finalement, tu n'es pas l'homme que je croyais, dit-elle.

— Ce qui veut dire ?

— Ce qui veut dire que je ne pensais pas avoir affaire à un homme pour qui l'amour est une question de gènes. Je n'ai pas soupçonné une seconde que tu ne pourrais aimer mes enfants qu'à la condition qu'ils aient le même sang que toi.

— Tu es injuste.

— Peut-être. Et nous ? Tu as pensé à nous ? Aux belles déclarations que tu m'as faites ? Toi et moi partageant la même belle aventure. Tu me l'as soutenu pas plus tard que cet après-midi, alors que nous rentrions chez nous. Le fait est, Mason, que la réalité est celle-ci : nous sommes mariés et nous avons deux enfants.

— *Tu* as deux enfants, rectifia-t-il.

— Très bien. Peux-tu me dire à quoi ton entêtement va nous conduire ?

Il ouvrit la bouche pour répondre, mais la referma aussitôt. Elle vit alors passer dans son regard une palette d'émotions où se mêlaient pêle-mêle tristesse, amertume et… regret. Mason regrettait de l'avoir épousée.

Encore une fois, un homme allait la trahir et l'abandonner. Elle aurait dû s'y attendre mais, bêtement, elle avait baissé la garde. Elle avait cru que les choses seraient différentes avec lui.

— J'ai compris. Je vais partir, Mason. Je vais quitter cette maison avec les enfants. Je te demande juste quelques jours, le temps que je puisse m'organiser.

— Annie, nous…

Elle le fit taire d'un geste impérieux.

— Tu viens de me signifier très clairement qu'il n'y avait pas d'avenir possible entre nous. En attendant que je parte, tant que je serai dans cette maison, je te demanderai d'aller dormir dans la chambre d'amis.

— Si c'est ce que tu veux…

Non, ce n'était pas ce qu'elle voulait ; mais lui laissait-il le choix ?

— Bonne nuit, Mason.

Sans un regard en arrière, elle quitta la pièce pour rejoindre la chambre qu'elle avait partagée avec lui et referma la porte derrière elle.

Comme elle regrettait de s'être montrée si confiante, d'avoir laissé parler son cœur ! Elle le payait très cher à présent. Mais comment aurait-elle pu contenir tout l'amour qu'elle portait à Mason ? Car il était inutile de le nier plus longtemps : elle l'aimait éperdument.

Mason, en revanche, ne l'avait épousée que par convenance. Parce que c'était la chose à faire. Il était clair maintenant qu'elle n'aurait jamais accepté de l'épouser si elle n'avait pas été amoureuse de lui. Elle ne pouvait même pas lui en vouloir tant il lui paraissait évident qu'elle était seule responsable de ses choix.

Elle s'appliqua à retenir les sanglots qui lui étranglaient la gorge. Mason lui avait brisé le cœur, mais elle ne lui laisserait pas savoir à quel point.

Mason était anéanti.

Rien ni personne ne pourrait soulager le mal-être qui le submergeait depuis qu'il avait appris qu'il n'était pas le père biologique des jumeaux. Son cœur était en miettes et entendre Annie pleurer tous les soirs dans sa chambre rajoutait à sa peine et à sa tristesse.

Aussi avait-il décidé d'agir.

Il s'était procuré les coordonnées de Tyler Sherman, le père biologique de Charlie et de Sarah, et l'avait contacté par téléphone. Tyler s'était d'abord montré réticent, mais il avait fini par accepter un rendez-vous au moment de sa pause déjeuner, dans un endroit qu'il souhaitait neutre.

Mason attendait depuis quelques minutes, assis sur une banquette un peu à l'écart, d'où il avait vue sur l'entrée, lorsqu'il vit arriver un homme assez jeune, grand et blond, qui balaya la salle du regard.

— Tyler ?

L'homme s'approcha.

— Oui. C'est moi.

Mason se leva et lui tendit la main.

— Mason Blackburne.

Tyler lui serra la main, puis s'assit face à lui. Il semblait mal à l'aise.

— Vous m'avez dit au téléphone que vous vouliez me parler d'une affaire urgente. De quoi s'agit-il ?

— J'irai droit au but : vous êtes le père des jumeaux.

— C'est une blague ? Cela fait des mois que j'ai fait faire ce test et il s'est révélé négatif.

— Le laboratoire a commis une erreur et nous venons juste de l'apprendre. Ils ont confondu vos résultats et les miens.

Tyler abaissa les yeux sur ses mains, qu'il avait croisées devant lui sur la table.

— J'ai signé un document dans lequel il est stipulé que,

dans le cas où je serais le père de ces enfants, je renonçais à la paternité. Annie en a donc la garde exclusive.

— Tout cela, c'était avant que vous sachiez que vous êtes leur père. Vous pouvez changer d'avis.

Il sortit de sa poche son téléphone portable et trouva des photos des jumeaux, qu'il présenta à Tyler.

— Les voilà. Il y en a plusieurs.

Tyler fit défiler les photos, mais son visage restait impassible.

— Ils sont mignons, dit-il sobrement. Ils ont un petit air d'Annie, non ?

— C'est vrai.

— Mais pourquoi avez-vous pensé que je pourrais changer d'avis ? demanda-t-il en lui rendant le téléphone.

— Il se trouve que ces enfants, que je pensais être les miens, ne le sont pas. Je ne vous mentirai pas. Cette nouvelle m'a profondément affecté. J'avais très envie d'être père. Alors j'ai pensé que l'homme qui était leur père biologique sauterait sur l'occasion de faire valoir sa paternité auprès d'un tribunal.

— Annie est au courant de votre démarche ?

— Non. Je ne voulais lui en parler qu'après vous avoir vu. Ces enfants méritent de savoir qui est leur vrai père.

Ces deux derniers petits mots lui broyèrent un peu plus le cœur, tant il aimait les jumeaux.

— Écoutez, je n'ai pas l'étoffe d'un père et peut-être ne l'aurai-je jamais. J'ai eu moi-même une enfance misérable, avec un père qui n'avait de père que le nom. Grandir avec une telle figure paternelle m'a dissuadé à jamais d'être père à mon tour. Je me suis juré de ne jamais avoir d'enfants.

— Vous êtes sûr de prendre la bonne décision en persistant dans cette volonté ?

Il avait parlé en regardant Tyler droit dans les yeux.

— Absolument certain, répondit celui-ci en soutenant

son regard sans ciller. Certaines décisions sont difficiles à prendre, dans la vie, mais pas celle-ci. Avec vous et Annie, je sais que ces petits seront entre de bonnes mains. Cela dit, je ne suis pas un parfait salaud. S'il y a un problème de santé ou si, un jour, ils veulent savoir qui est leur père biologique, je répondrai présent. Mais les élever ? Jamais !

— Très bien.

Un silence s'ensuivit, que Tyler fut le premier à rompre.

— Je sais ce que vous pensez.

— Cela m'étonnerait beaucoup.

— Vous vous dites que, compte tenu de mes convictions, j'aurais pu prendre mes précautions, insista Tyler.

— C'est vrai que, maintenant que vous le dites…

— Croyez-le ou non, je m'étais protégé. Malheureusement, le préservatif s'est déchiré. Comme Jessica m'avait assuré qu'elle prenait la pilule, je ne me suis pas inquiété plus que ça. Il faut croire que ces petits étaient destinés à naître.

— En effet.

— Je n'ai aucun doute là-dessus, j'ai fait le bon choix. Pour moi, mais surtout pour eux. À vous voir, je peux dire qu'ils ont beaucoup de chance d'être tombés sur vous.

— Je vous remercie d'avoir pris la peine de venir à ce rendez-vous, Tyler.

— De rien. J'ai été ravi de vous rencontrer.

— Moi aussi.

Les deux hommes se donnèrent une franche poignée de main, puis Tyler s'esquiva.

— Tu as l'air de quelqu'un qui a besoin d'un remontant.

Mason était si profondément plongé dans ses pensées qu'il n'avait pas entendu approcher Leo Wallace, le patron du Patrick's Place, à la voix reconnaissable entre toutes.

— Salut, Leo.

— Comment vont Annie et les petits ?

— Ils sont en pleine forme, mentit-il.

— Pas comme toi, alors, pointa Leo en fixant sur Mason un regard scrutateur. Assieds-toi, je reviens avec un verre qui devrait te remonter le moral.

— Il est trop tôt pour prendre un verre, protesta faiblement Mason.

— Tu es peut-être médecin, mais, dans ce cas précis, c'est moi qui sais ce qui est bon pour toi.

Mason se rassit et regarda son ami aller au comptoir et passer commande à la serveuse, qui prit aussitôt deux verres qu'elle remplit à moitié de whisky.

— Bois, doc ! lui intima Leo en posant devant lui le verre qui lui était destiné.

Il obéit et prit une gorgée du liquide, qui lui brûla délicieusement la gorge.

— Qui était ce type avec qui tu parlais ? s'enquit Leo.

Il n'y avait aucune raison de lui mentir. Se confier à son ami pourrait même lui faire du bien, qui sait ? Mason se lança donc dans une explication circonstanciée de son rendez-vous avec Tyler Sherman.

— J'en reste sans voix, commenta Leo. Comment Annie a-t-elle réagi ?

— Mieux que moi, je dois bien l'avouer. Pour elle, il n'y a que l'amour qui compte.

— C'est elle qui a raison.

— Tu es un homme. Tu devrais pourtant comprendre ce que je ressens.

— Tu veux dire plutôt que je devrais prendre ton parti ? Cela dit, tu te trompes : en fait, je te comprends, mieux même que ce que tu penses.

Leo s'interrompit un instant durant lequel il fit tourner les glaçons dans son verre, puis il poursuivit :

— Tu l'ignores, mais j'ai été marié une première fois. Ma femme et moi avons eu un petit garçon que j'aimais plus que tout au monde.

— C'est bien, mais je ne vois pas le rapport avec ma situation.

— Il se trouve que cet enfant n'était pas de moi. Lorsque j'ai rencontré Sandra, elle était déjà enceinte, mais elle me l'avait caché. Nous nous sommes mariés et j'ai bêtement cru que j'étais le père du bébé. Sauf que, deux ans plus tard, elle m'a plaqué pour retourner avec le *vrai* père de son fils. La vérité, c'est que je me sentais, moi, le père de cet enfant. C'est moi qui l'ai nourri, qui l'ai changé, qui l'ai cajolé, qui l'ai aimé et, du jour au lendemain, c'était terminé ! Non seulement je n'avais plus de fils, mais je n'avais aucun droit sur lui. Tout ça parce que nous n'avions pas les mêmes gènes ! Tout a changé, sauf l'amour que je portais à ce gosse.

— Leo, je suis tellement désolé pour toi. Je ne sais pas quoi dire.

— Il n'y a rien à dire sauf que, ensuite, j'ai rencontré Tess. Notre relation a connu des débuts chaotiques, aussi, quand elle m'a annoncé qu'elle était enceinte, j'avoue que j'ai failli rompre. Tu connais l'adage : « Chat échaudé craint l'eau froide. » Heureusement, Tess a su me redonner confiance en moi, et aujourd'hui nous vivons heureux avec notre petite fille. Ma femme et mon enfant sont la meilleure chose qui me soit jamais arrivée.

— J'ignorais que tu étais passé par une période aussi difficile.

— Tout cela est derrière moi et, si je t'en parle, c'est pour que tu saches que je sais exactement ce que tu peux ressentir. Laisse-moi te dire que tu as fait ce qu'il fallait faire en rencontrant cet homme.

— En revanche, avec Annie, j'ai dit des choses…

— Souvent, quand l'émotion prend le dessus, nous lâchons des mots qui dépassent notre pensée. N'importe qui peut comprendre ça.

— Ce que j'ai dit est…

— Que lui as-tu dit, au juste ?

— Eh bien, que…

— Laisse-moi deviner : tu lui as fait comprendre que tu l'avais épousée seulement parce que tu croyais être le père biologique des enfants. Je me trompe ?

— Non, c'est ça.

— C'est vrai que c'est un peu dur à entendre pour elle.

— Elle va quitter la maison dès qu'elle aura trouvé un nouveau logement.

— Tu es un très bon médecin, Mason, mais la communication, en revanche, ce n'est pas vraiment ton truc. Mais dis-moi : est-ce que cet « arrangement » est vraiment la seule raison pour laquelle tu as demandé Annie en mariage ?

— Non. Je l'ai épousée parce que je l'aime. Je les aime tous les trois !

Les mots étaient sortis de sa bouche sans qu'il y réfléchisse, comme une évidence.

— Quel idiot tu fais ! Mais tout n'est pas perdu. Tu ne vis pas une tragédie romantique. Tu vis dans la vraie vie, avec ses hauts et ses bas, mon vieux ! Et puis, j'ai bien vu le regard qu'Annie posait sur toi le jour de votre mariage. Crois-moi, ce n'est pas le regard d'une femme qui s'est mariée juste pour assurer un foyer à ses enfants !

— Bon sang ! J'ai tout gâché ! Tu crois vraiment que tout n'est pas perdu ?

— J'en suis certain. En revanche, je ne dis pas que ce sera facile de rattraper le coup.

Leo avait raison. Cent fois raison. Il fallait qu'il se fasse pardonner. Le problème était de savoir comment il allait s'y prendre.

15

— Bob veut te voir dans son bureau.

Annie leva les yeux sur Ella, venue la prévenir.

— Qu'est-ce qu'il veut ?

— Je n'en sais rien. Il ne m'a rien dit.

— Comment était-il ? Il avait l'air heureux ? Contrarié ? En colère ?

Ella parut réfléchir à la question.

— À vrai dire, je ne sais pas, répondit-elle enfin.

— C'est vrai qu'il est plutôt du genre impassible.

— Toi, en revanche, je peux dire que ça ne va pas fort, depuis quelques jours.

— Tu te fais des idées.

— Annie, tout le monde au bureau se demande ce qui se passe !

— Allons, je vais bien ! Je suis juste un peu fatiguée, c'est normal, non ? Entre le travail et les enfants, je n'ai pas une minute à moi !

— Si tu le dis… En tout cas, sache que si tu as besoin de parler à quelqu'un, je suis là.

— Merci. Je vais aller voir ce que Bob me veut.

— OK.

Annie vit au regard d'Ella qu'elle l'avait blessée, mais le moment n'était pas bien choisi pour discuter de ses problèmes personnels.

Lorsqu'elle arriva devant le bureau de Bob, la porte était ouverte.

— Vous vouliez me voir ? demanda-t-elle en passant la tête par l'entrebâillement.

— Oui, répondit-il en la fixant par-dessus ses lunettes de lecture. Entrez et refermez la porte derrière vous, s'il vous plaît.

Elle s'assit dans le siège qu'il lui indiquait et attaqua la première.

— Dois-je me préparer à une mauvaise nouvelle ?

— Au contraire, Annie. Au contraire. Je vous ai désignée pour prendre en charge la campagne publicitaire de notre tout nouveau client.

— Nous avons remporté le marché ?

— Oui. Et vous avez largement contribué à notre succès.

— C'était un travail d'équipe, précisa-t-elle sobrement.

— Certes. Mais cette équipe, c'est vous qui l'avez conduite au succès. Félicitations, Annie.

— Merci, Bob. Je suis très heureuse.

C'était un sacré pied de nez à tous ceux qui l'avaient humiliée par le passé. À tous ceux qui n'avaient pas cru en elle. Elle était arrivée là où elle s'était juré d'arriver un jour. Elle aurait dû exulter de joie. Or le cœur n'y était pas. Car elle avait perdu ce à quoi elle tenait le plus au monde : la famille que les enfants et elle formaient avec Mason.

L'émotion était trop grande. À sa grande honte, elle éclata soudain en sanglots. Elle enfouit le visage entre ses mains et demeura ainsi un long moment avant de pouvoir de nouveau relever la tête et parler.

— Je suis désolée, murmura-t-elle enfin.

— J'avoue que ce n'est pas la réaction à laquelle je m'attendais, commenta Bob.

— Ce sont des larmes de joie, mentit-elle en esquissant un pauvre sourire. Vraiment.

— Vous pouvez être fière, vous savez. Cela dit, vous avez subi beaucoup de pression, ces derniers temps et, pourtant, à aucun moment vous n'avez perdu de votre énergie ni de votre enthousiasme.

— Merci, Bob, répliqua-t-elle sans pouvoir retenir les larmes qui se remettaient à couler.

— Je crois que vous avez bien mérité du repos. Rentrez chez vous, Annie. Allez-y ! Allez vous détendre en famille.

« En famille ». Sans le savoir, Bob venait de la meurtrir un peu plus. Car sa si jolie famille avait volé en éclats. Durant un temps pathétiquement court, elle avait tout eu : un mari, des enfants, un père pour ces mêmes enfants, des beaux-parents qu'elle adorait. Et puis, il y avait eu l'erreur de ce fichu laboratoire et son beau rêve s'était écroulé d'un coup.

Elle repassa par son bureau chercher son sac à main puis se rendit directement au parking où était garée sa voiture. Elle s'installa au volant. Où allait-elle aller ? Mason ne travaillait pas aujourd'hui. C'était lui qui gardait les jumeaux et elle se sentait incapable de se retrouver face à lui. Avec la promotion que Bob venait de lui offrir, elle allait devoir passer plus de temps au bureau et, donc, se mettre en quête d'une nounou. Elle ne voulait plus compter sur Mason Blackburne. Plus jamais.

Elle roula un long moment au hasard, perdue dans ses pensées sinistres, comme en pilote automatique. Soudain, elle s'aperçut qu'elle était en train de remonter l'allée qui menait chez les Blackburne. La voiture de Florence s'y trouvait.

Sur une impulsion, elle se gara et alla sonner à la porte.

Florence lui ouvrit presque tout de suite, Sarah dans les bras.

— Annie, je suis si heureuse de vous voir ! s'exclama-t-elle comme si rien n'avait changé. Je crois que ces petits meurent de faim. Je sais bien qu'ils sont assez grands maintenant pour tenir leur biberon tout seuls, mais je profite encore un peu du plaisir que j'ai à le leur donner moi-même !

— Moi aussi. Et puisque je suis là, nous allons nous en occuper toutes les deux.

C'est ainsi que, quelques minutes plus tard, elles se retrouvèrent installées dans le salon, avec chacune un enfant dans les bras.

— Pourquoi Mason vous a-t-il amené les jumeaux ? demanda Annie. L'hôpital l'a appelé ?

— Non. Il m'a dit qu'il avait quelqu'un à voir.

Elle sentit un nœud se former au creux de son ventre.

— Il avait rendez-vous avec quelqu'un ? Une autre femme, peut-être ?

— Je n'en sais rien, mais si c'était le cas, je doute fort qu'il m'en aurait informée.

Le visage jusque-là serein de Florence se fit inquiet.

— Que se passe-t-il entre vous deux ? Mason nous a parlé de l'erreur commise par le laboratoire, mais de là à l'imaginer se rendre à un rendez-vous galant…

Elle exhala un long soupir. Si elle avait atterri ici, chez cette femme si accueillante, ce n'était pas pour rien. Le moment était venu de se décharger d'un fardeau devenu au fil des jours trop lourd.

— Mason m'a avoué qu'il ne m'avait épousée que parce qu'il croyait être le père des enfants. Pour une raison pratique, en somme.

Florence retira la tétine de la bouche de Sarah et cala la petite fille contre son épaule pour lui faire faire son rot. Alors seulement, elle rétorqua :

— Apprendre qu'il n'était pas leur père biologique a été une nouvelle terrible pour lui. Il a beau être imperturbable et doué d'une grande force de caractère, il a été très ébranlé.

— Je peux comprendre. Moi aussi j'ai eu du mal à encaisser la nouvelle.

— Je sais bien, ma chérie. Et même si je vous donne l'impression du contraire, je ne prends pas parti. Lors de son premier mariage, Mason a vu ses rêves de fonder une famille s'écrouler à plusieurs reprises. Avec Sarah et Charlie, ce rêve était devenu réalité. J'ignore ce qu'il vous a dit, mais s'il a parlé sous le coup de la déception, il a sans doute dit des choses qu'il ne pensait pas.

— Il m'a dit que, finalement, nous nous sommes mariés pour rien…

— À moins que vous ne vous aimiez.

— C'était une erreur. Gabriel avait raison. Nous avons trop précipité les choses.

— Gabriel n'est pas le mieux placé pour donner des conseils. Si j'étais vous, je ne me soucierais pas trop de ce qu'il vous a dit. C'est moi qui ai poussé Mason à vous demander en mariage.

— Mais pourquoi ?

— Parce que je sais que vous êtes faits l'un pour l'autre.

— Quand j'ai accepté d'épouser Mason, nous sommes tombés d'accord sur le fait que les sentiments n'avaient rien à voir là-dedans.

— Mais les choses ont évolué depuis. Je me trompe ?

— Ce n'est pas le problème. J'ai décidé de quitter la maison dès que j'aurai trouvé un nouveau logement.

Florence secoua la tête.

— Je ne peux pas croire que vous ayez vraiment envie de quitter Mason, Annie. Et puis, les enfants et vous faites partie de la famille désormais.

— Pourtant, nous savons maintenant que les jumeaux ne sont pas vos petits-enfants.

— Et alors ? dit Florence d'une voix douce, mais qui ne manquait pas de fermeté. Je considère Charlie et Sarah comme mes petits-enfants et je les aime de tout mon cœur. L'ADN, ce ne sont que des lettres qui ne peuvent en aucun cas dire qui nous sommes censés aimer ou non.

— Florence, je ne peux pas croire que…

— Croyez-le ! Comme moi je crois que Mason vous aime au-delà des turbulences que vous pouvez vivre en ce moment. Ne ruinez pas votre mariage parce que Mason vous a dit des choses qu'il ne pensait pas. Battez-vous pour votre famille, Annie !

Ces derniers mots lui firent l'effet d'un électrochoc. Florence avait raison. Elle avait sa famille à sauver. Il était temps qu'elle se secoue.

Mason quitta Leo, porté par une excitation nouvelle. Il se sentait à la fois rempli d'espoir et honteux. Ce qu'il avait dit à Annie… Il fallait qu'il la voie le plus vite possible. Mais d'abord, il devait passer récupérer les enfants.

Aussitôt garé, il courut jusqu'à la maison et entra sans faire de bruit. Annie lui avait appris que, lorsqu'il y avait des bébés dans une maison, il ne fallait ni presser le bouton de la sonnette ni frapper fort à la porte.

— Ils dorment, annonça sa mère venue l'accueillir.

— Je m'en doutais bien. Le problème, c'est que je dois rentrer et que…

— Calme-toi !

— Maman, tu ne comprends pas, je…

— Je comprends très bien, au contraire. Qu'est-ce qui cloche chez toi, Mason ?

— Vaste question, maman, à laquelle j'ai moi-même beaucoup de mal à répondre.

— Mason, tu peux être si intelligent, parfois ! Lorsque tu ne te comportes pas comme un idiot, je veux dire.

— Quoi ?

— J'ai parlé à Annie. Comment as-tu pu lui dire une chose pareille ? Et surtout, ne va pas l'accuser de médire sur toi dans ton dos.

— Ce n'était pas mon…

— Parce que c'est moi qui l'ai fait parler. C'est une jeune femme merveilleuse et permets-moi de te dire que tu t'es montré très maladroit.

— Si tu pouvais me dire quelque chose que je ne sache pas déjà, cela pourrait peut-être m'aider.

— Je lui ai expliqué dans quel état cette nouvelle t'avait mis, mais il faut absolument que tu lui parles et que tu essaies d'arranger les choses entre vous.

— C'était bien mon intention.

— Parce que Charlie et Sarah sont mes petits-enfants, ADN ou pas. Je les aime, tout comme j'aime Annie. Elle est comme une fille pour ton père et moi.

Mason vit avec émotion les yeux de sa mère se remplir de larmes. Quel genre de fils pouvait faire pleurer sa mère comme cela ?

— Maman, c'est bon, je…

— Non, ce n'est pas bon, le coupa-t-elle d'une voix ferme. Tu vas devoir faire des efforts parce que, indépendamment de moi, c'est ton bonheur qui est en jeu. Toi seul sais ce que tu as dans le cœur, mais je suis ta mère et je peux dire que je ne t'ai jamais vu aussi heureux que lorsque tu es avec Annie et les petits.

— Je sais et…

— Aussi, je te conseille de la convaincre de ne pas partir. Ou, au moins, de vous laisser un peu de temps avant de prendre une décision que vous pourriez tous les deux très vite regretter.

— C'est ce que je pensais f…

— Je pense vraiment ce que je te dis, Mason. C'est le moment de prouver que…

— Maman, cesse de parler. S'il te plaît ! J'étais venu récupérer les enfants pour pouvoir accueillir Annie lorsqu'elle rentrera du travail.

— Elle est partie du bureau plus tôt que d'habitude et elle est passée me voir.

— Et elle est repartie sans les enfants ?

— Je lui ai proposé de les garder afin que vous puissiez parler tranquillement sans être interrompus.

— Merci, maman.

Elle lui répondit d'un large sourire, avant d'enchaîner :

— Mason ?

— Oui ?

— Tu devrais lui dire avec qui tu avais rendez-vous.

— Comment sait-elle que j'avais rendez-vous ?

— Elle m'a demandé où tu étais. Que voulais-tu que je lui réponde ? Je ne lui ai dit que ce que je savais, c'est-à-dire pas grand-chose, mais elle s'est mis en tête que tu étais allé voir une autre femme.

— Super ! Comme si j'avais besoin de ça ! Comment a-t-elle pu croire une chose pareille ?

— En tout cas, elle a besoin d'être rassurée.

La bataille ne s'annonçait pas gagnée d'avance. Annie avait vécu une mauvaise expérience avec Dwayne et elle avait refusé de lui donner une deuxième chance. Mason regretta de ne pas être avocat plutôt que médecin. Au moins, les mots lui seraient venus facilement pour assurer sa défense.

Le trajet de chez ses parents jusque chez lui parut durer une éternité. Lorsqu'il fut devant sa porte, il inspira un grand coup, s'exhortant à rassembler ses esprits et à se calmer.

— Annie ? appela-t-il en pénétrant dans la maison, ce soir-là étrangement calme.

— Je suis dans la cuisine.

Il alla la rejoindre, le cœur battant.

— Bonsoir, dit-il le premier.

— Bonsoir.

Son visage impassible ne laissait rien deviner de son état d'esprit, mais il repensa à ce que sa mère lui avait dit.

— Annie, je ne suis pas allé rejoindre une femme, cet après-midi, attaqua-t-il d'emblée.

— Je te crois. Mais ce rendez-vous devait être sacrément important pour que tu laisses les enfants à ta mère.

— Ce que j'ai fait, je l'ai fait pour eux. Pour leur bien. Et pour le nôtre, aussi. Je suis allé voir Tyler Sherman, leur père biologique.

Elle écarquilla les yeux de surprise.

— Pourquoi ? Il s'était pourtant montré très clair : il ne voulait rien avoir à faire avec eux.

— C'est ce qu'il pensait, avant d'avoir les vrais résultats du labo. Je me suis dit que, s'il connaissait la vérité, il pourrait changer d'avis. Et puis, c'était son droit de savoir.

Elle laissa s'écouler quelques secondes, avant de demander :

— Et alors… ?

— Alors il n'a pas changé d'avis. Il pense que les enfants seront mieux sans lui.

— Espérais-tu qu'il te débarrasse d'une responsabilité qui te pèse, maintenant que tu sais que tu n'es pas le père biologique ?

— Oh non, Annie ! Ne crois pas une chose pareille, je t'en supplie ! J'ai fait ce que je pensais être bien. Je donnerais ma vie pour Charlie et Sarah. Je suis et je resterai leur père. Je les aime plus que je ne peux le dire. Mais si Tyler m'avait affirmé vouloir assumer ses responsabilités de père et s'y tenir, j'aurais réfléchi à ce qui aurait été mieux pour les enfants.

— Ce qui veut dire qu'il s'en fiche.

Il secoua la tête.

— Ce n'est pas un mauvais bougre. Il m'a dit que, si les jumeaux voulaient le rencontrer un jour, il ne s'y opposerait pas. Il a même parlé de payer les frais médicaux si cela se révélait nécessaire. Je pense que, à sa façon, il se soucie d'eux.

Elle lui opposa un visage toujours impénétrable avant de reculer d'un pas.

— Très bien. Si c'est tout ce que…

— Non, Annie. Ce n'est pas tout.

Il aurait tellement voulu la prendre dans ses bras ! Mais il craignait qu'elle le rejette avant même d'écouter ce qu'il avait à lui dire.

— Je ne pensais pas un mot de ce que je t'ai dit l'autre jour, poursuivit-il avec toute la conviction dont il était capable. Je suis impardonnable, je sais. Mais j'ai surréagi à une nouvelle qui me bouleversait. En fait, rien n'a changé, Annie. Il faut que tu me croies.

— Vraiment ? Nous sommes donc toujours deux bons amis qui ne se doivent qu'un respect mutuel ?

— Non.

— Nous ne devons plus nous respecter ?

— Ce n'est pas ce que j'ai voulu dire. J'ai plus que tout envie de rester ton mari ; d'élever nos enfants avec toi. Tu avais raison, ces enfants sont les miens, peu importe leur ADN. Annie, je veux que tu saches que… que je t'aime.

— Tu m'aimes ?

— Plus que tout au monde. Si tu me laisses une seconde chance, je saurai te prouver que tu pourras toujours compter sur moi.

— Très bien, répéta-t-elle.

Puis, sur ces mots, elle quitta la cuisine pour se rendre dans sa chambre sans un regard en arrière.

Il resta immobile un long moment sans pouvoir réagir. Ça n'allait pas se terminer ainsi, il s'en faisait la promesse. Cela lui prendrait le temps qu'il faudrait, mais il se faisait fort de reconquérir le cœur d'Annie.

Il alla la rejoindre dans ce qui avait été leur chambre commune, là où ils s'étaient aimés passionnément. Il était tellement focalisé sur ce qu'il allait lui dire qu'il lui fallut quelques minutes pour voir la pièce telle qu'elle était.

Des pétales de roses avaient été dispersés avec art sur la moquette et sur le lit. Une bouteille de champagne attendait d'être bue dans un rafraîchisseur.

Mais surtout, Annie l'attendait, un large sourire aux lèvres.

— Annie, je…

— Chut ! C'est ma manière de me battre pour ma famille.

— Je ne peux qu'approuver.

Il fit les quelques pas qui les séparaient encore et l'enlaça tendrement.

— Les fleurs, le champagne, ce sera notre truc à nous ?

— Cela pourrait le devenir. Qu'en penses-tu ?

— J'en pense que nous devrions investir dans des rosiers, rétorqua-t-il avec humour, avant de river sur elle un regard dans lequel se reflétait tout l'amour qu'il lui portait.

— Je t'aime, Annie. Plus que je ne pourrais le dire.

— Je sais, Mason. Je crois qu'au fond, je l'avais déjà deviné lorsque tu m'as demandée en mariage. Sinon, j'aurais refusé, sois-en sûr.

— Comment pouvais-tu savoir ce que moi-même j'ignorais ? s'étonna-t-il.

— Dans toutes les petites choses du quotidien auxquelles tu te pliais de bonne grâce : te lever en pleine nuit pour donner un biberon ou changer l'un ou l'autre des bébés, m'aider à faire les courses. Et puis, ta main qui cherchait la mienne, même dans ton sommeil.

— En fait, je crois bien que j'ai su que je t'aimais le jour où tu t'es cassé la jambe. J'ai eu tellement peur pour toi !

Il lui effleura la bouche de ses lèvres avant de lui susurrer à l'oreille :

— Au fait, au cas où tu te poserais la question, je ne suis pas fatigué du tout.

— Cela tombe bien, répondit-elle avec un sourire enjôleur. Moi non plus…

Épilogue

25 décembre

Mason gara sa voiture devant la maison de ses parents et sourit à Annie. La façade croulait sous les décorations.

— Le premier Noël des enfants ! s'exclama-t-il.

Annie se sentit soudain mélancolique. Son cœur se serra à l'idée que sa sœur ne serait pas là pour voir la joie et l'excitation des bébés.

— Jess aurait adoré vivre ça.

Il lui prit la main et la serra tendrement dans la sienne en un geste protecteur.

— Elle te manque, n'est-ce pas ?

— Elle me manquera toujours. Je voudrais tellement qu'elle soit là !

— Elle l'est, rétorqua-t-il d'une voix douce. Une part d'elle vit au travers de ses enfants. Elle les aime plus que tout puisque c'est à toi qu'elle les a confiés. Elle ne s'y est pas trompée. Elle savait bien que tu serais la meilleure des mères ; que tu saurais les aimer, les protéger et les élever comme elle l'aurait fait elle-même.

— *Nous* les aimons, les protégeons et les élevons ensemble, rectifia-t-elle.

— Maaaa !

Elle sursauta violemment dans son siège au cri strident que venait de pousser Charlie.

— Cet enfant a bien failli nous percer les tympans.

— C'est certain, il est vigoureux. Tu n'es pas fière de lui ? Il n'a pas encore un an et il arrive déjà à tenir debout. D'ici peu, il marchera, tu peux me croire !

— Sarah ne sera pas longue à l'imiter, tu peux me croire aussi.

— Je crains que de longues heures un brin agitées nous attendent !

— J'en suis fatiguée d'avance.

— Moi aussi. D'ailleurs, maintenant que j'y pense… toute ma famille sera réunie aujourd'hui. Nous pourrions les laisser courir après les enfants et économiser nos forces pour ce soir.

Ils se sourirent, les yeux remplis d'étoiles, puis sortirent de la voiture. Pendant que Mason libérait Sarah, elle sortit Charlie du siège-auto et l'embrassa tendrement.

— Tu te sens mieux, mon bébé ?

Le petit garçon répondit par un nouveau cri qui les fit se presser vers la maison.

Florence vint leur ouvrir avec, comme à son habitude, un large sourire aux lèvres.

— Joyeux Noël, mes petits cœurs ! s'exclama-t-elle en ouvrant grand les bras à ses petits-enfants.

— Qui va passer son premier Noël dans la maison de papi et mamie ? lança John, venu les rejoindre.

Dans un geste d'une parfaite synchronisation, les jumeaux tendirent leurs petits bras potelés vers leurs grands-parents, qui les prirent et les couvrirent de baisers, en même temps qu'ils les enveloppaient de leur amour débordant.

Puis tous se retrouvèrent dans le salon, où les attendait le reste de la famille. Annie ne se lasserait jamais de ces scènes chaleureuses dont elle commençait à devenir familière.

— Tu as vu ? lui demanda Mason.

— Quoi ?

— Ils nous ont à peine adressé la parole. C'est comme si nous n'existions pas. Ça y est, c'est officiel !

— Qu'est-ce qui est officiel, mon chéri ?

— Nous passons après nos enfants.

Elle éclata de rire, puis glissa la main dans celle de son mari tandis qu'ils allaient se mêler à ses frères, sa sœur et ses parents. Un immense sapin trônait dans un angle de la pièce. Au-dessous, s'empilaient tout un tas de paquets enrubannés. Des guirlandes décoraient le manteau de la cheminée, où des chaussettes de Noël suspendues débordaient de petits présents pour chaque membre de la famille.

Le tableau touchait à la perfection.

Elle couva d'un regard protecteur ses bébés, que les grands-parents s'affairaient à débarrasser de leurs manteaux. Voilà. Tout le monde allait pouvoir lire l'inscription qui ornait leurs sweat-shirts.

Un silence régna dans la pièce, si intense qu'on aurait pu entendre une mouche voler.

— « Je suis ton grand frère », « Je suis ta grande sœur », lut tout haut Florence. Quoi, vous attendez un autre bébé ?

— Surprise ! s'écrièrent-ils tous deux en chœur.

Les petits invités d'honneur furent momentanément tenus à l'écart tandis que chacun y allait de ses effusions et se répandait en félicitations.

— Tu es heureux ? demanda Annie, dont le visage irradiait de bonheur.

— Non seulement heureux, mais je suis aussi très fier, fou de joie, sur un petit nuage ! répondit-il en déposant sur son front un baiser chaste. J'ai beaucoup de chance. C'est le plus beau cadeau que tu pouvais me faire, mon amour.

— Moi aussi, je suis heureuse. Je me sens tellement gâtée ! J'ai toujours rêvé d'avoir une famille traditionnelle et tu m'as permis de réaliser ce rêve. Oh ! je t'aime tant, Mason !

— Moi aussi, je t'aime, ma chérie. Plus que tout ! J'ai compris que nous étions faits l'un pour l'autre. Dans un monde parfait, nous nous serions rencontrés, nous nous serions fréquentés, nous serions tombés amoureux, nous nous serions mariés, et puis nous aurions eu des enfants.

— Ce n'est pas vraiment dans cet ordre que les choses se sont déroulées, mais quelle importance ? Le résultat est le même, finalement !

Composé et édité par HarperCollins France.

Achevé d'imprimer en septembre 2020.

BLACK PRINT

Barcelone

Dépôt légal : octobre 2020.

MIXTE
Papier issu de sources responsables
FSC® C108412

Pour limiter l'empreinte environnementale de ses livres, HarperCollins France s'engage à n'utiliser que du papier fabriqué à partir de bois provenant de forêts gérées durablement et de manière responsable.

Imprimé en Espagne.